日本一心を揺るがす"社説"

あなたに感動を、勇気を、
そして、希望をお届けします

日本講演新聞 魂の編集長
水谷もりひと

序

弊社は、ほとんど同業者がいないであろうと思われる『日本講演新聞』という新聞を発行しています。どんな新聞なのかというと、読んで字のごとく、取材対象が「講演会」だけという新聞です。

この新聞の前身である『宮崎中央新聞』と出会ったのは32歳のとき、今からおよそ30年前のことでした。地元宮崎市のハローワークで見つけた「記者募集」という求人票に目が留まったのです。というのは、学生時代、フリーペーパーの記者、および編集をしていたからです。

そして宮崎中央新聞社に入社してからは、昔取った杵柄で一生懸命、仕事をしました。そしたら、1年後、社長から事業承継の話をいただきました。後継者がいなかったのです。私は何の躊躇もなく、不安もなく、引き受けました。

こうして私はどこに向かっているのかも分からない小さな船の船長になったのです。

昨今、情報過多のご時世です。ミニコミ紙が生き残っていくのは容易ではありません。何とか「読んで面白い」と思ってもらえる紙面づくりに方針を切り替え再スタートさせました。しかし、どんないい商品でも世の中にそれを広げてくれる人がいなければ、その存在は無きに等しいものになってしまいます。

そんな中、私には頼りになる伴侶がいました。彼女が得意とするのは「営業」でした。独身の頃、明るい笑顔とそこそこの美貌を武器に営業畑でそれなりの実績を出していた人でした。

そういうわけで、棚から牡丹餅の『宮崎中央新聞』に、私と彼女は人生の第二ステージを託すことになったのです。


もし、私が学生時代にフリーペーパーと出会っていなかったら……。

もし、結婚した伴侶が営業が得意ではなかったら……。

もし、ハローワークで『宮崎中央新聞』と出会っていなかったら……。

もし、事業承継という話がなかったら……。

いくつかの「もし」が本当に目の前で現実のものとなったからこそ、「今」があるのです。


それから随分と月日が流れました。事件・事故といった記事を捨て、人生が前向きになる講演記事だけを載せていた『宮崎中央新聞』は、じわじわと県外に広がり、やがて47都道府県すべてに読者を有する全国紙になりました。

そして令和2年、新聞の名前を『日本講演新聞』に改名しました。

この新聞には講演記事ともう一つ、他のメディアにはない魅力があります。それが手前味噌で恐縮ですが、社説らしくない「社説」です。毎週、前向きで、心温まるメディアとしての主張を独特な視点で展開しています。

長年書き続けてきた社説から40編ほどを選んで、ごま書房新社から『日本一心を揺るがす新聞の社説』というタイトルで書籍化したのは2010年のことでした。その本はテレビのお昼の番組で紹介されたことがあります。

その翌年には『社説2』が出版されました。その中の「社会からの無言の賞賛を感じる感性」という社説が、教科書を発行する東京書籍の目に留まり、中学校3年生の道徳の教科書に採用されました。

この度、この2冊の社説本を是非復刊したいとのごま書房新社からの要望で「新装版」として刊行することとなりました。

この本を読み終えたあなたの心が、読む前よりほんの少しでも明るくなっていることを祈ります。

令和6年吉日

水谷もりひと

目　次

日本一心を揺るがす〝社説〟目次

3の章　志　生き方

第Ⅱ部　大丈夫！　未来はある！　我々は大災害を超えていける…140

4の章　希望　生き方　志

5の章　感動　感謝　勇気

6の章　思いやり　心づかい　愛

第Ⅰ部

日本一心を揺るがす新聞の社説

はじめに

ある日のこと、大学の先生から「お宅の新聞の社説、ありゃ社説じゃないよ。哲学がない」と酷評されてしまった。

「はぁ」……そうかもしれない。返す言葉がなかった。

改めて大手全国紙の社説を読んでみた。大手の新聞社と言えば、一流大学卒のエリートが作っている。特に社説を書く論説委員はその中でも選りすぐりのエリート。やはり文章は知性と教養がほとばしり、格調高く、闘うジャーナリスト魂を感じる。

ぼくが書く社説は？　と言うと、知性も教養もあまり感じないし、闘うことが好きではないので、ジャーナリスト魂など元々持ち合わせていない。

「新聞はかくあるべき」「社説はかくあるべき」という「あるべき論」から逸脱している。まぁ、開き直って「社説らしくない社説」、これも哲学ではないかと思った。

いや、むしろこれからは「病院らしくない病院」「政治家らしくない政治家」「先生らしくない先生」等々、「らしくない」ということがある種の魅力になるのではないか、などとさらに開き直ってみた。

ところで哲学とは何ぞや？　いい機会なので考えてみた。辞書を引いてみた。三つの意味があった。

一つ目は、「学問としての哲学」。ソクラテスとかプラトン、あるいは実存主義とか観念論など、日々の暮らしに役に立っているとはあまり思えない学問のことだ。

二つ目は、「各人の経験に基づく人生観や世界観」。よく飲み屋で人生哲学を語る親父がいたり、ＮＨＫの『プロフェッショナル』という番組では、「仕事の流儀」という言葉を使って、職人哲学を紹介している、あれだ。

三つ目は、「物事を統一的に把握する理念」。これは、たとえば政治家には政治哲学、経営者には経営哲学が求められるように、非常に重要なもの。特定の価値観に裏づけされていて、一貫性があり、「揺るがない信念」とでも言うべきものだ。

哲学は英語で「フィロソフィ」、その語源はギリシャ語で「知を愛する」という意味である。あの大学の先生のように、「哲学がない」なんて言う人は、やっぱり知的レベルの高い人、知性で仕事をしている人に多いのではないか。

人間の心には「知・情・意」という三つの機能がある。「知」は知性、「情」は情感、「意」は行動を起こす意思である。

哲学は、これらのうち人間の知性に訴えるものだったのだ。

行動を起こすのは「意思」。その「意思」に大きな影響を与えるのは思想だ。市民活動や社会運動には「我々は正しいことをやっている」と誇りを持って主張できる思想がバックボーンにある。

最後に残ったのは「情」。元来、情報とは情感を刺激するものだから「情報」なのである。情報を得て、何を知ったかではなく、何を感じたかが大事なのだ。だから情報は、報道の「報」の上に「情け」を乗せている。「情け」とは人間味のある心、思いやり、優しさ。情報は常に「情け」を乗せて発信したい。

ジャーナリズムは「知」ではなく「情」を愛する媒体でいいと思う。

水谷もりひと

2010年10月

1の章

感動　勇気　感謝

心を込めて「いただきます」「ごちそうさま」を

食肉加工センターの坂本さんの職場では毎日たくさんの牛が殺され、その肉が市場に卸されている。牛を殺すとき、牛と目が合う。そのたびに坂本さんは、「いつかこの仕事をやめよう」と思っていた。

ある日の夕方、牛を乗せた軽トラックがセンターにやってきた。しかし、いつまで経っても荷台から牛が降りてこない。坂本さんは不思議に思って覗いてみると、10歳くらいの女の子が、牛のお腹をさすりながら何か話し掛けている。その声が聞こえてきた。

「みいちゃん、ごめんねえ。みいちゃん、ごめんねえ……」

坂本さんは思った、「見なきゃよかった」

女の子のおじいちゃんが坂本さんに頭を下げた。

「みいちゃんはこの子と一緒に育てました。だけん、ずっとうちに置いとくつもりでした。ばってん、みいちゃんば売らんと、お正月が来んとです。明日はよろしくお願いします……」

「もうできん。もうこの仕事はやめよう」と思った坂本さん、明日の仕事を休むことにした。

家に帰ってから、そのことを小学生の息子のしのぶ君に話した。しのぶ君はじっと聞いていた。

一緒にお風呂に入ったとき、しのぶ君は父親に言った。

「やっぱりお父さんがしてやってよ。心の無か人がしたら牛が苦しむけん」

しかし坂本さんは休むと決めていた。

翌日、学校に行く前に、しのぶ君はもう一度言った。「お父さん、今日は行かないかんよ！（行かないといけないよ）」

坂本さんの心が揺れた。そして、しぶしぶ仕事場へと車を走らせた。牛舎に入った。坂本さんを見ると、他の牛と同じようにみいちゃんも角を下げて威嚇するポーズをとった。

「みいちゃん、ごめんよう。みいちゃんが肉にならんとみんなが困るけん。ごめんよう」と言うと、みいちゃんは坂本さんに首をこすり付けてきた。

殺すとき、牛が動いて急所をはずすと牛は苦しむ。坂本さんが「じっとしとけよ、じっとしとけよ」と言うと、みぃちゃんは動かなくなった。次の瞬間、みぃちゃんの目から大きな涙がこぼれ落ちた。牛の涙を坂本さんは初めて見た。

（『いのちをいただく』）

ある小学校で、助産師として日々輝く命の誕生の瞬間に立ち会っている内田美智子さんと、毎日牛を解体して食肉にしている坂本さんのお話を聴くという授業があった。坂本さんの話を聴いて感動した内田さんが、坂本さんにお願いしてこの話を絵本にさせてもらった。それが『いのちをいただく』である。

その絵本のあとがきに、内田さんはこう書いている。

「私たちは奪われた命の意味も考えず、毎日肉を食べています。自分で直接手を汚すこともなく、坂本さんのような方々の悲しみも苦しみも知らず、肉を食べています。『いただきます』『ごちそうさま』も言わずにご飯を食べることは私たちには許されないことです。食べ残すなんてもってのほかです…」

そう、私たちはいのちを食べていた。今日いただくいのちに……合掌。

なるほどぉ～と唸った話

福岡で行われた作家・中谷彰宏さんのトークライブに行ってきた。心に残った話をいくつか紹介しよう。

その一、運がいいとか悪いとかは長い目で見て判断すべし

その日の朝、中谷さんを乗せたタクシーが羽田空港に向かっていた。目指すは全日空の出発ロビー。ところが、何を間違えたのか、タクシーの運転手は日本航空の出発ロビーで中谷さんを降ろしてしまった。

案内係に聴くと、全日空の出発ロビーは全然違う方向だという。中谷さんは、またタクシーに乗り、「全日空出発ロビーまで」と行き先を告げた。

タクシーが走り出してすぐ、中谷さんは何気なくバッグから搭乗券を取り出した。見たら、なんとそれは日本航空のチケットだった。彼は全日空だと思い込んでいたのである。

「すみません。さっきのところまで引き返してください」と、申し訳なさそうに運転手にお願いして、Uターンしてもらった。

日本航空のカウンターで搭乗手続きをしていたら、なんと隣で写真家のSさんが搭乗手続きしている。行き先を聞くと、同じ福岡だという。乗る飛行機は違うが、お互い仕事が終わったら博多で飲もう、という話になった。

「アクシデントは意外といい結果をもたらしてくれる。だから、運がいいか悪いかは長い目で見ないと分からない」と中谷さん。


そう言えば、タレントのそのまんま東さんが宮崎県知事になれたきっかけは、前知事が汚職事件で逮捕、失職したからだ。さらに、知事選では、保守系の2人の候補者が票を奪い合い、その結果、そのまんま東さんが当選した。その後、宮崎県は全国から注目され、あの汚職事件報道が嘘のように県内は活気に溢れ出した。

もし今、不幸のどん底にいるとしたら、それはもうすぐやってくる幸運の一歩手前なのかもしれない、そう思いましょう。

その二、遅れてきた人に感謝しよう

普通、約束の時間に遅れてきた人がいると、「時間にルーズな奴だ」と、白い目で見てしまう。そこでちょっと視点を変えてみる。その人は忙しい中、遅れても一生懸命走って来てくれたのだ。だから、待っていた人は、「忙しいのに来てくれてありがとう」と言ってみよう。もちろん、遅れてきた人は一切言い訳をしてはいけない。待っていた人の気持ちを察して、「遅れてすみません」と、ただただ謝るのがいい。大人のいい関係ができる。

その三、中谷さんの心を惹きつけるいい女の条件とは？

その答えはズバリ、「根性のある女」。これはすなわち、いい男の条件でもある。と同時にこの条件は恋愛にもビジネスにも当てはまる。「根性がある」とは、フラれても、失敗しても、叱られて落ち込んでも、翌日には笑顔で「おはようございます」と出社してこられる人のこと。

どんなにお金があっても、美人でも、スタイルが良くても、根性がなかったら魅力がない。根性さえあれば、たとえ顔やスタイルがそう良くはなくても、恋人をゲットできるし、しっかり結婚もしている。チャンスを掴む秘訣は根性である。

中谷さんの発想はいつも「なるほどおー」と唸らせる。

生まれ変わって「今」がある

子どもの頃、その少年は「ヨシちゃん」と呼ばれていた。ヨシちゃんが生まれたのは、田舎町からさらに幾重にも連なる山の向こうの、まるで宮崎駿《はやお》監督のアニメ「もののけ姫」が出てきそうな山奥の小さな集落だ。

生まれたとき、ヨシちゃんの足は曲がっていた。頭は水頭症のように腫れて柔らかく、眼球は安定せず、乳を吸う体力もなかった。生後3ヵ月も経てば座る首も、なかなか座らなかった。田舎の病院では病名が付けられず、周囲からは「先祖のたたりでは？」とささやかれた。

ヨシちゃんの成長を妨げたのは骨のもろさだった。ちょっとした力が加わると音を立てて折れた。幼少期に骨折した回数は30回近くにも及んだ。その度に激痛が走った。両親も、祖母も、そんなヨシちゃんが不憫《ふびん》でならなかった。

そんなヨシちゃんには、大人も驚くような才能が一つあった。歌声だ。歌のうまさは誰もが称賛した。村祭りや宴会があるとヨシちゃんはスターだった。得意な『岸壁の母』を歌って村人たちを楽しませた。

小学校に入る頃、病名が分かった。先天性骨形成不全症。2万人に一人の割合で発症する原因不明の難病だ。骨が折れやすく、なかなか身長が伸びない。ヨシちゃんは養護学校に入学し、寄宿舎生活となった。4年生頃になると病状も落ち着き、骨折もしなくなったので、地元の小学校への転入が認められた。この上ない喜びを感じた。

その後も入退院を繰り返したが、養護学校高等部の3年生にもなると、随分元気になり、進学も夢ではなく、現実のものとなった。迷わず音楽大学を選んだ。日本を代表するカウンター・テナー歌手、米良美一《よしかず》さんの話だ。最近やっと自分の過去を振り返られるようになったという。宮崎駿監督の『もののけ姫』の主題歌を歌って一躍有名になった、ということぐらいしか知らなかったので、その過去に驚いた。

『もののけ姫』で脚光を浴びた後、さらなる人生の試練があった。

自分の過去を恨み、自分の容姿を蔑み、「絶対見返してやる！」という思いで米良さんは頑張ってきた。だが、歌手として成功したものの、何の幸福感もなかった。それどころか、歌えない、声が出ない日々に苦悩した。

そのスランプから脱するきっかけになったのは、「ヨイトマケの唄」との出会いだった。土木作業員をしながら自分を育てた母親を回顧する美輪明宏さんの代表作だ。米良さん自身の幼少期と重なった。

身長150センチ弱の米良さんはこう言っていた。

「今度生まれ変わるとしたら、声はそのままで、身長は180センチくらいで生まれてきたい、なんて虫のいいことを考えています」

「でも、こんな体に生まれてきたのは、もしかしたら、僕自身が昔、『神様、今度生まれ変わるときは、あえて重い障害を背負って、そして土方をやっているような両親に生まれてみたいです。そういう中で僕は親に孝行し、幸せを掴んでみせます。それが僕の魂を鍛えるのに一番いいと思いますから』と願ったんじゃないかと思っているんです。そしたら自分の人生、恨めませんよね。むしろ今はこの体、そしてこの自分を、心から愛しく思えるのです」

みんなで子どもを育てる喜びを

教育や養育環境に恵まれない途上国の子どもたちの里親になる、そんなプロジェクトをご存知だろうか。

『アバウト・シュミット』という映画にも出てくる。大手保険会社を定年退職したウォーレン・シュミットの、その後の生活を哀愁たっぷりに描いた作品だ。

盛大な退職祝いのパーティのあと、帰宅したシュミット。何気なくつけたテレビから流れてきたチャリティ団体のCMが目に入ってきた。

「恵まれない子どもの里親になってくれませんか？」というナレーション。月会費22ドル17セントで会員になると途上国の子どもの里親になり、毎月の会費がその子の養育費や教育費に当てられる。シュミットは退職記念にと、応募した。

数日後、事務局から「あなたの里子はタンザニアに住む6歳の男の子に決まりました」

という通知が来た。そして、「ぜひ少年に手紙を書いてください」と書き添えられていた。文化も年齢も異なる男の子に、何を書こうかと悩んだ。結局、定年後の退屈な生活の風景を書き綴った。時には妻への愚痴を書いた。一人娘の婚約者の悪口も書いた。

間もなく彼の生活が一変する。一人娘が結婚して家を出て行ってしまい、さらに一緒に旅行するのを楽しみにしていた妻が急死してしまったのだ。心に大きな穴が空いてしまったシュミット。絶望のどん底へどんどん落ちていく様子が映画の後半に描かれていく。

最後の場面で彼を救ったのは、1通の手紙だった。タンザニアの6歳の少年が一生懸命描いた絵が入っていた。それは毎月お金を送ってくれる、まだ見ぬ里親への精一杯のお返しだった。その絵を見て号泣するシュミット。きっと失いかけていた「人間愛」を、その少年から感じたのだろう。

警察庁の発表によると、昨年1年間で母親が子どもを殺害した事件は34件で、父親による子殺し15件の2倍以上にのぼっている。

なぜ母親のほうが多いのか。言うまでもなく、子育ての最前線にいるのは、父親より母親のほうが圧倒的に多いからだ。

子どもと一緒にいる時間が長いということは、それだけ喜びも多いが、イライラすること、キレることも多い。

もちろん、わが子を殺害してしまうのは極めて特異なケースだろう。しかし、子育てに悲鳴を上げている母親は少なくないはず。子どもを産むことは大変なことだが、育てることは、もっと大変だ。

群馬県前橋市に「天使の宿」がある。育てられない子どもを預ける「赤ちゃんポスト」のような施設だ。施設長、成相八千代さん（79）の言葉が新聞に載っていた。記者の「出産や育児は女性の負担が大きすぎませんか？」という問いかけにこう答えていた。

「負担なんて思わないで。育児って本当は素晴らしいことなのよ。お金がないとか、つらいことがあって投げ出すなんてもったいない。一生のうちで育児を経験できるなんて恵まれているのよ」

子どもを産めるのは、その子の母親一人しかいないけど、育て上げる環境はみんなで作り上げることができる。みんなが子育てに携わることで、シュミットさんみたいに、自分の生きる意味を再発見できるのでは……そんな気がする。

「パクる」の三段活用で進化する

取材でいろんな「先生」と呼ばれる人に出会う。

だが、立派な肩書きやすごい経歴の持ち主だからといって、いい話をされるとは限らない。本を多数出しているからといって話し方が上手いとも限らない。有名人だから期待して話を聴きに行ったら、期待を裏切られたことも多々あった。

また、いい講演を聴いても講師や主催者によっては「録音お断り」のところも少なくない。そういうときは残念というより、世知辛さを感じる。

だからだろうか、その逆のことを言う人に出会うと、楽しい気持ちになる。

「しもやん」の愛称で知られる下川浩二さんのセミナーに参加した。彼の第一声はこうだった。

「このセミナーは録音やビデオ撮影は一切お断りしておりません。ご利用はご自由に」

「それから、私に無断でユーチューブ等に勝手にアップする行為が散見されました。めちゃめちゃ嬉しく感じました。ありがとうございます」
「セミナーは一度しか聞くことができませんが、録音すると何度も学習できます。繰り返し学習が何といっても一番です。著作権なんて私にとっては鼻くそみたいなもんです」

講演した内容が録音され、CDになってどんどん出回ることで、どういう現象が起きるかと言うと、そのCDが自分の「分身」となって営業してくれるというのだ。そして、それが「面白い」「為になる」「感動する」内容だと、あちこちでその人のファンができてしまう。ファンになると、どういう行動に出るかと言うと、好きなアーティストのコンサートに行ったことがある人なら分かると思うが、飛行機に乗ってでも、1泊してでも、ファンは2時間のコンサートを聴きにどこにでも行ってしまう。楽曲は既にCDで聴いているのに、やっぱり本物に会いたくなる。これは人間の本能である。

実際、僕がしもやんのセミナーの為に大阪まで行ったのは、タダでもらったしもやんの講演CDを聴いて、「面白い」「為になる」「感動する」の三拍子が揃っていたからだ。行ってみると、やっぱり参加者は全国各地から集まっていた。参加費が1万円というのに、である。

ビッグな経営者や著名人の言葉を集めた『プレジデント名言録200選』（秋庭道博著）の中に、なぜかしもやんが登場している。彼自身も自分が載っているなんて知らず、本を読んだ友人が教えてくれたそうだ。その本に収められたしもやんの名言は「TTP・TKP・OKP」だった。

TTPとは、「徹底的にパクる」。学ぶことは真似ることから始まる。まず手本になる人を見つけて、その人の行動を徹底的に真似る。

それが出来たら次はTKP、「ちょっと変えてパクる」。真似る際に少し自分なりの工夫を入れるのだ。

それが出来たら最後はOKP、すなわち、「思いっきり変えてパクる」。自分のやり方をふんだんに取り入れることで、真似をしているのに原型をとどめていない。

これは武道や茶道、華道などでよく言われている「守破離」の考え方に通じるものがある。最初は師匠の教えを徹底的に守る。それが出来上がると師匠の教えを破り、最後は師匠の教えから離れる。そう考えると、しもやんの名言は面白く、実に意味深だ。早速、この考え方をTTP、TKP、OKPしてみることにしよう。

説教は何の意味もないのです

小学生の兄弟が万引きで補導された。連絡を受けた福岡県警少年サポートセンターの安永智美さんが2人の小学生と面会した。

兄は2年生、弟は1年生。万引きの常習犯だった。取調室で2人は「お父さんに殴られる」と泣いた。万引きして捕まったからではなく、万引きに失敗して捕まったからだ。両親が子どもに万引きを強要していた。

両親は逮捕、2人は児童相談所に保護されることになった。施設に向かう車の中で兄は両親を逮捕した安永さんをにらみ続けた。弟はひたすら泣きじゃくっていた。安永さんは一緒に泣くしかなかった。

2人を児童相談所に預けると、警察としての仕事は終わる。しかし安永さんは施設に通い続けた。彼女にも同じ年頃の2人の息子がいたのだ。

「あの子たちの笑顔が見たい」、そう思いながら3ヵ月が過ぎた。

ある日、息子たちがカブト虫に夢中になって遊んでいた。「そうだ、カブト虫を持っていってみよう」。安永さんは息子たちが学校に行っているとき、無断で虫カゴから1匹のカブト虫をつかみ、急いで施設に向かった。

「すげぇ」「俺たちにくれると?」

安永さんがカブト虫を見せると、2人の目が輝いた。

「そうだよ」とうなずくと、2人は初めて安永さんに笑顔を見せた。

安永さんは二つの約束をさせた。一つは、ちゃんとカブト虫のお世話をすること。もう一つは、他のお友だちが「見せて」と言ってきたら、ちゃんと見せてあげること。

2週間後、施設に行くと2人は見違えるようになっていた。カブト虫のお世話をすると、施設の職員から「偉いねぇ」と褒められ、友だちにカブト虫を見せると、「ありがとう」と言われた。

「偉いねぇ」「ありがとう」、今まで言われたことのない言葉をたくさんもらっていた。


一度キレると暴力が止まらなくなる小学5年の男の子は、父親が日常的に母親に暴力を振るっていた。ほとんど家にいない父親と教育熱心な母親の下で育った中学2年の男子は、母親の首をちょんぎる絵を描いていた。部屋で毎日1匹ずつ、合計20数匹のハムスターをナイフで殺していた。母親を殺す直前に安永さんと出会った。

安永さんはどんな子にも説教をしない。ただ、子どもの気持ちに寄り添うだけ。子どもに絶対言ってはいけない言葉があるという。

「いつまで泣いてるの。男のクセに」

「もうお姉ちゃんなんだから、そんなことで泣かないの！」

淋しさや悲しみの感情は、出すべきときに、出すべき人に出さなかったら、いつかその感情は激しい怒りに変わる。「ありがとう」「偉いねぇ」「たくさん食べて大きくなってね」、そんな言葉が子どもの心の栄養だ。

安永さんから名刺をもらった。素敵な5人の女性の写真の横にこう書かれてあった。

「君を…守り隊～サポレンジャー出動！」

どうしたら笑ってくれるか考える

新年は何と言っても年賀状である。以前、朝日新聞の読者欄に、子どもが山間部の小学校に通っているという40代の母親が「校長先生からこんな年賀状が来ました」と投書していた。

その年賀状にはこんなことが書かれてあったそうだ。

「おもちをたべすぎておなかをこわしましょう」

「おとしだまをぜんぶむだづかいしましょう」

「わがままばかりいってしかられましょう」

都会の小学校だったら、すぐ保護者から抗議の電話が殺到するご時勢だが、この母親はその文章を読んで、なんてステキな校長先生なんだろう、と思った。

年賀状に書かれてある事柄は、普段「気をつけなさいよ」と子どもに注意していることだが、逆に「子どもらしさ」を奨励することで読む人に笑いを誘っている。笑うと頬の筋肉が緩む。すると心まで緩むから不思議だ。その緩んだ心の中に校長先生の本当のメッセージが染み込んでいくのだと思う。

昭和の名人といわれた五代目・古今亭志ん生と六代目・三遊亭円生が若い時に体験した話が芝居となって上演された。

戦時中、2人は関東軍の慰問で中国に渡った。ところが敗戦となり、大連《ダイレン》で置き去りにされ、さらにソ連軍の侵攻と同時に大連は封鎖。命からがら逃げ惑った。食うや食わずの放浪の末、辿り着いたのはカトリック教会のシスターたちが戦争難民の為に炊き出しの奉仕活動をしているところだった。そのシスターたちも、本部から退去命令が出て、難民を見捨て、その地を去らなければならないという苦境に立たされていた。

そこに現れた志ん生さんと円生さん。「自分たちは噺家《はなしか》だ」とシスターに説明するのだが、世間離れしているシスターたちには理解されない。

「生きることは苦しみそのもの。苦しみや悲しみは放っておいても生まれてくるのです」とシスター。

「あんたたちの教えには笑いが入っていないのかい?」と円生さんが聞くと、「元々笑いなんてこの世には備わっていません」とシスター。

「この世にないなら作るんだよ。俺たちは笑いを作る仕事をしているんだ」と円生さん。

シスターが不思議な顔をして、「笑いを作り出してどうするのですか？」と聞く。一瞬答えに窮する2人だが、こう答えた。

「落語はね、貧乏を楽しい貧乏に変えちゃうんだ。悲しさを素敵な悲しさに変えちゃうんだ」（円生）

「俺なんか、葬式でも洒落を言っちゃうよ。薄化粧している色っぽい後家さんを見て、『後家さんもいいもんだな。うちの女房も早いとこ後家さんにしよう』とかね」（志ん生）

それから落語のネタを披露。それまで冷静沈着だった4人のシスターが笑い転げる。すると、不思議なことに彼女たちの心に希望と勇気が湧いてきたのだ。

「ここに残りましょう。最後の1人まで難民を助けましょう」と。

「たかがお笑い」と笑ってはいけない。ユーモアやジョーク、ウィットに富んだ話には、人生を豊かにしたり、心を明るくする力がある。

如何に相手を笑わせるかを考えよう。くれぐれも人様から笑われないように……。

みんなここにしか咲かない花

『世界に一つだけの花』という歌は、日本の歌謡界に残る名曲だ。

曲もいいけど、歌っていたグループもよかった。

「花屋にはいろんな花が並んでいるけど、誰も競争なんかしていないよね。もともとみんなオンリーワンなんだ。ナンバーワンにならなくていいんだよ」なんてメッセージを、あのＳＭＡＰの５人が歌ったのだから、たちまちミリオンセラーである。

高度成長とバブル経済の時代に、私たちはとことんナンバーワンを目指すことを教えられてきた。ところが、それを見ていた子どもたちは、自分たちも大人になるとあの経済戦争の中に送られるのかと戦々恐々としていた。デリケートで心優しい子どもの多くが不登校になった。戦う力を持った子どもたちは暴走した。

そんな中、バブル経済が崩壊。経済大国は、失速した。

そのとき、競争社会に疲れていた日本人に「ナンバーワンにならなくてもいい」

という歌詞が心地良く響いた。と同時に、その歌詞は、競争しなくていいという新しい価値観を浸透させ、就職や就労を軽んじる若者を生んだ。ニートやフリーターが社会に広がった。

北海道の片田舎で宇宙開発をやっている（株）植松電機の植松努さんが、「あの歌、ちょっと違うんじゃない？」と、とある講演会で話していた。

「花屋に並べられた花たちは、確かに誰が一番かなんて競っていない。だってあの花たちは既に勝ち残ってきた花たちなんだ。花屋に並ぶ前に売りものにならない多くの花たちが間引かれ、捨てられているんだ」と。

なるほど、確かにあの歌は東大のキャンパスに行って、「みんなオンリーワンでいいね」と言っているようなものだ。

先日、藤井輝明さんに会った。顔に障害を持つ彼は、小さいときから「化け物」とののしられ、いじめられてきた。就職するときも、金融機関を希望していたが、すべての金融機関から顔を理由に採用されなかった。

想像を絶する差別や誹謗、中傷、罵倒、そして絶望という長いトンネルから抜け出し、2003年、46歳のとき、『運命の顔』を出版した。その翌年には『さわってごらん、ぼくの顔』（04年）を、そして『この顔でよかった』（05年）、『笑う顔には福来る』（06年）を世に送り出した。藤井さんは講演の最初に、「僕の話はノンフィクションです。今も現在進行形で差別は続いています」と話されていた。

音楽グループコブクロのヒット曲に『ここにしか咲かない花』という歌がある。「何もない場所だけれど、ここにしか咲かない花がある」という歌詞で始まる、あの名曲である。

藤井さんを花にたとえるなら、相当ユニークな花だ。激しい嵐や猛吹雪の中にあっても枯れなかった。変わらない「光」と「水」、そして「いい土壌」があった。それが彼の両親であり、家庭だった。

「フジイテルアキ」というユニークな花は、あの家庭にしか咲かない花だったと思う。

しなやかなしぶとさで生きる

ミュージカル劇団「ふるさときゃらばん」がわが町にもやってきた。農村の嫁問題やサラリーマンのリストラ、村おこしなど、田舎の身近な問題をミュージカルに仕立てて、全国の地方都市を巡演している劇団だ。

今回の作品は『パパの明日はわからない』。不況にあえぐ食品会社の課長とその家族の物語だ。

冒頭のシーンは、主人公の栗木課長が、30年共に働いてきた中村さんこと、通称「中ちゃん」をリストラする場面だ。その夜、駅のベンチで泥酔する中ちゃんに駅長が優しく声を掛ける。「ご機嫌だね。何かいいことあったの?」「ありましたよ。今日、リストラされちゃった」「そりゃつらいね」「つらいよ。せがれはまだ大学生なんだ。学費どうしよう。ローンどうしよう。生活どうしよう。女房に何て言おう」

息子が迎えに来る。みんなで帰宅を促すが、中ちゃんは帰らない。

「俺、一生懸命働いてきたんだよ。チビで大学も四流。その分、なりふりかまわずペコペコ頭を下げまくって30年だよ。もう俺の営業のやり方、時代遅れだって。今はコンピュータが相手よ。いくらペコペコしてもコンピュータは動かねぇ。そしたらまた「時代遅れ」だってバカにしやがって……。お前もそうだよなぁ。俺がスーパーで新商品のキャンペーンやっていたのを見て、ペコペコしているオヤジが恥ずかしいって……。男らしくないって……。ペコペコ仕事するのは男らしくねえか。クソ！」

駅長は言う、「中ちゃん、男らしいよ。家族のためにそこまでペコペコできるなんて、誰でもできるこっちゃない。男だよ」。続いて若い駅員も言う、「俺もそう思います」。それを聞いて、ワーッと泣き出す中ちゃん。

一方、栗木の家には、勉強もせず、酔っ払って帰ってくる浪人生の息子と朝帰りする高校生の不良娘がいる。妻の敏子は、この２人の世話でかなり疲れ果てていた。その後、栗木は部長に昇進し、毎晩帰宅が遅いので相談相手にならない。

敏子は鏡に向かって言う、「子どものため、夫のために人生を無駄にするのはもうまっぴら。自分のために生きよう」

その後、敏子はインテリアコーディネーターの資格を取り、仕事が軌道に乗る。

そんな中、今度は夫の栗木がリストラされ、職を失う。職探しをするがなかなか見つからない。敏子は言う、「当面は私の代わりに家事をお願いね。決められた予算内で家計をやりくりしてね」

栗木は、家事をする傍ら、子どもたちが「恥ずかしいからやめて」と言っていた近所のスーパーにパートに出る。スーパーには、栗木がリストラされる前に手がけた新商品が並んでいて、今やその商品が大ヒットしている。

ある日、敏子が子どもたちを連れてスーパーにやってきた。懸命に働く父親の姿を見る。家族が来ていることに驚きながらも、栗木は妻に言う、「奥様、今日は三陸の新鮮なお魚と水菜がお買い得ですよ。ご家族でお鍋など如何ですか?」

娘が言う、「パパ、かっこいいよ」

脚本家の石塚克彦さん、「リストラする人も、される人も、再就職する人も、その家族も、みんな生きている。そうやって生きていくことは今までの生き方を変えるわけだ。何があっても生きていく人々を傍から見ていると、悪いけど、そのしなやかなしぶとさに笑ってしまう。そのしなやかなしぶとさを生み出すのは、危うくも、かろうじて繋がっている愛の絆のように思える」

長引く不況の中でも、しなやかなしぶとさで生きていこう。

ひとさし指が見つけたもの

『ひとさし指から奏でる♪しあわせ』は、20歳のとき、医療事故でひとさし指以外のすべての機能を失ってしまった坂中明子さんと母親の浩子さんの、壮絶な生きる闘いを描いた作品だ。

ひとさし指でメールをしているという話を聞いたとき、明子さんに「みやざき中央新聞にエッセーを書いてみませんか？　あなたの思いをいろんな人に伝えてほしい」と誘った。

「こんにちは」、わずかこの五文字を打つのに10分くらいかかる。一つの原稿を書くのは体力と精神力の闘いになる。不安の中、彼女は決意してくれた。

エッセーは明子さんのご両親のお友だちに広がっていった。医療事故からずっと坂中さん親子を支えてきた彼らは、その記事を食い入るように読んだ。なぜなら、言葉を発することができない明子さんが何を考え、何を思い、何に傷つき、何に悩んでいたのか、みんな知らなかったからだ。

医療事故から5年後の2000年、まだひとさし指さえ動くことが分からなかった頃のこと。埼玉県にある「国立身体障害者リハビリテーションセンター」のことを偶然テレビで見た浩子さんは、「ここに明子を入院させてあげたい」と思った。そこは回復可能な障害者が入院する施設で、明子さんのように回復が極めて難しい障害者は入院できないのだが、知り合いの口添えで例外的に入院が認められた。

わずか2ヵ月半の入院だったが、そこで明子さんの人生に大きな転機をもたらす二つの出来事が起きた。

一つは、センターの医師らが全身麻痺の明子さんの体の中で、一つだけ動くところを見つけたことだ。それが左手のひとさし指だった。もしそのセンターに入院できていなかったら、彼女のひとさし指が動くことを今も誰も知らないだろう。以来、ひとさし指のリハビリが始まり、パソコンで自分の思い、自分の気持ち、自分の意思を伝えることができるようになった。

もう一つは、そのセンターで同室だった女性の息子さんと出会い、恋をしたことだ。2人の思いは通じ合い、交際は明子さんが退院し、宮崎に帰ってからも続いた。周囲の人たちはみんな「こんな恋愛のカタチもあるのか…」と、感慨深く見守り続けた。

さて、明子さんのエッセーは、遠く離れた奄美大島まで届いた。明子さんの父親・喜明さんの同窓会でそれは話題になった。エッセーを読み、涙を流した同窓生の1人が、「これを本にしようや」と提案した。定年退職をし、老後はのんびり過ごそうと思っていた男たちが新たな夢を持った。本を出すにはどうしたらいいのか、何度も集まりを持った。

本が出来上がってからは、書店や知り合いを訪ね、一生懸命本を売り歩いた。高校を卒業して以来、40年以上も温めてきた親父たちの友情がそこにあった。

この本を読んで障害者の自立についての考え方が180度変わった。障害者は自立できないから支援が必要なのではなく、支援さえあれば自立できるのだということ。それは健常者も同じだ。みんな誰かに支えられながら自立しているのだから。

明子さんは今、親元を離れ、宮崎市で一人暮らしを始めている。『ひとさし指から奏でる♪しあわせ』は宮崎日日新聞出版文化賞を、坂中明子さんは日本青年会議所主宰の「人間力大賞」（2008年）を受賞した。

感動は何年経っても色あせない

10年以上も前の話。NHKの朝の連続テレビ小説なんて、それまで観たこともなかったのだが、ある日、ちらっと観てしまった。女優の吉行和子、小説家の吉行淳之介の母親で、戦前から戦後にかけて近代的な美容室づくりの草分けとして知られる吉行あぐりさんをモデルにした『あぐり』というドラマである。

あまりの面白さにたちまち引き込まれてしまい、途中からだったが、最終話（全156話）まで観てしまった。

何が面白かったかと言うと、清水有生さんの脚本だ。セリフの中に今のニッポンへのメッセージがある。10年以上経った今でも忘れられないシーンの一つがこれだ。

あぐりの夫エイスケの親友に、辻村燐太郎という詩人がいた。エイスケが30代の若さで病死した後、あぐりを精神的に支え続けた仲間の1人だ。

燐太郎は戦時中、『若き勇士』という、戦地に向かう兵隊の言葉を綴った散文を書いていた。ある兵隊が出撃する前、仲間にこう話していた。

「死ぬのが怖くなったら、辻村燐太郎の『若き勇士』を読め。そうしたらお国のために死ぬのは怖くなくなるぞ」

『若き勇士』は、兵隊たちの心の拠り所になっていた。


戦後、燐太郎は自分の文章を読んで若者たちが命を捨てていったことが、強烈なトラウマになっていた。自分を責め続けた。そして書けなくなっていた。

しばらくして、戦時中に発刊禁止となっていた『婦人現代』という雑誌を、もう一度復活させようという話が持ち上がった。若き日のエイスケや燐太郎たちが情熱を傾けてきた雑誌だ。「復刊第1号にぜひ燐太郎の小説を」と仲間から切望される。しかし、燐太郎はかたくなに拒み続けた。

ある日の夜、あぐりは新聞の切り抜き記事を持って燐太郎の家を訪ねた。

「これを読んで」と言っても燐太郎は心を開かない。「じゃあ私が読むから聞いてて」とあぐり。

その記事は、戦時中に夫を亡くし、空襲で住む家も失った女性からの投稿だった。12歳の娘を頭に4人の子どもを抱え、生きる望みも、力も、なくしていた。

「……夜が明けたら、列車に身を投げようと決意し、家族5人で野宿をしていた時でした。上の娘が1人空を見上げて何かつぶやいていたのです。私はその声で目が覚めました。

『満天に輝く星たちよ

君たちは私の願い／君たちは私の命／君たちは私の夢

満天に輝く星たちよ

君たちは私の愛／君たちは私の悲しみ／君たちは私の涙／そして私の人生…』

見上げると空一面に星が輝いていました。それはまるで私や子どもたちを見守るようにキラキラ輝いていたのです。どうか私に生きる力を与えてください。辻村燐太郎の詩が私の心の中で何度も何度も繰り返されました。死んではいけない。生きるんだ。そう、星が私に語りかけていたのです」

あぐりが詩を読み始めたとき、燐太郎の体が震え出した。あぐりが記事を読み終えたとき、燐太郎は庭に飛び出し、夜空を見上げて泣いた。自分の書いたものを読んで、生きる勇気をもらった人がいたのだ。

このシーンは、書くことの素晴らしさを教えてくれた。

どんな仕事も奥が深いんだなぁ

すべての職業、すべての「もの」、すべての「こと」は奥が深い。その奥深さはそれを極めた人じゃないと分からない。

UMKテレビ宮崎の高橋巨典アナの講演を聴いて、そう感じた。

宮崎県北部、日之影町に広島一夫さんという竹細工職人がいる。93歳の現役職人だ。

15歳で弟子入りして、もう80年近く竹と向き合ってきた。荷物を入れて背負う「かるい」や「いりこかご」など、一昔前の生活必需品をこしらえてきた。

その芸術性の高さが海外で評価され、アメリカのスミソニアン博物館やイギリスの大英博物館にも所蔵されている。

取材に行った高橋さんに、広島さんはこう言った。「この仕事は難しいわ」。80年やってきても、「まだまだだ」と広島さんは思っている。

井上源太郎さん（63）は東京・ホテルオークラ本館にいる靴磨き職人だ。20歳のときから靴磨きを始め、40余年。世界中の高質の靴クリームを探し求め、季節や皮の質や状態に応じて使い分け、時には自分でブレンドして使っている。

井上さんが極めた「鏡面仕上げ」は、宿泊していたハリウッドスターのオードリー・ヘップバーンやマイケル・ジャクソンも驚嘆したそうだ。小泉元総理は30年来の顧客だとか。


奥が深いといえば、以前ネットで配信されていた駐車場の管理人の物語を思い出した。

Aさんは、自分の事務所の近くに駐車場を借りていた。その駐車場には初老の管理人がいた。定年退職後、その駐車場の管理人として働き始めたそうだ。Aさんが駐車場を利用する度に、そのおじさんはいつも明るい笑顔で「おはようございます。今日もいい天気ですね」と声を掛けてくる。

ある日のこと、移動の途中で雨が降り出し、駐車場に車を入れた後、車から出られず困っていた。するとそこへおじさんがやってきて、「傘、忘れたんでしょ。これ持っていきなよ」と貸してくれた。

満車のとき、「満車」と書いた大きな看板を入り口に置いておくのが普通の駐車場だが、そのおじさんは満車になると、入り口に立って、入ろうとするドライバー一人ひとりに「申し訳ありません。満車です」と頭を下げた。クレームを言う客がいると、その車が見えなくなるまで頭を下げ、見送っていた。それを見ながらAさんは、「そこまでしなくてもいいのに……」と思っていた。

　ある日、車を止めてあいさつをすると、おじさんは、「今週いっぱいで辞めます。いろいろお世話になりました」と言う。奥さんが病気になったらしい。残念に思いながら、最後の日、Aさんは感謝の気持ちを込めて手土産を持っていった。そして駐車場に着いたとき、Aさんは信じられない光景を見たのだった。

　小さなプレハブの管理人室の周りが、たくさんの人で溢れていたのだ。そして管理人室の中も外も、たくさんの手土産や花束でいっぱいだった。一人ひとりがおじさんにお礼を言ったり、握手したり、写真を撮ったりしていた。

　Aさんは、「仕事ってこれなんだなぁ」と教えられたという。


　その後、この話は『どんな仕事も楽しくなる3つの物語』（福島正伸著）の中に収められた。お薦めの1冊です。

感動って双方向なんですね

奈良県川上村は、豊か過ぎるほどの自然に囲まれた村である。お隣の和歌山県に流れる紀の川の源流があり、日本一の桜の名所といわれている吉野村に隣接している。この川上村で小さな恋の物語が実を結んだ。

それは、村営の「ホテル杉の湯」に掛かってきた1本の予約の電話から始まった。

「どこか桜の景色の良いところを教えていただけませんか?」「観光ですか?」

「いや、実は……桜が大好きな彼女に、そこでプロポーズしたいんです」

予約した日は、桜の満開の時期から少し過ぎていた。「何とかしなくちゃ」と思ったスタッフは、「分かりました。探しておきます」と応えて電話を切った。

支配人に相談した。支配人は考えた、「2人の為に何かしてあげよう」

2人を案内しようと決めた場所は、同じ村営のギャラリーカフェ「匠の聚」一番いい景色が見える全面ガラス張りのところを2人の指定席にした。前日には、入口からそのテーブルまでレッドカーペットを敷いた。宿泊客の中に数人の子どもがいたので、協力をお願いした。合図をしたら、クラッカーを鳴らしてほしいと。

そして、その日はやってきた。入店する2人。一部始終を隠しカメラで撮影することは事前に彼から承諾をもらった。BGMに彼女の好きなドリカムの『未来予想図』をさりげなく流した。カメラには、和やかに会話をしている2人が映っていた。


いつ彼が話を切り出すか、スタッフは固唾《かたず》を飲んで見守っていた。ウエイトレスも緊張していたのだろう。注文されたミルクティーにレモンが添えられていた。それを見て彼女が笑った。

「まだ？」、子どもたちはクラッカーを片手にしびれを切らしていた。なかなか言い出せない彼。どのくらいの時間が流れたことだろう。

そして、そのときが、来た。事前に準備していたものをカウンターに取りに行く彼。彼女の前に置かれたお盆には、桜の花が付いた小枝と小さな箱。

「何？　これ」と彼女。「僕の愛です。受け取ってほしい」、桜の枝と小箱を手渡した。

中には、イヤリングが入っていた。

「これって、もしかして、プロポーズ？」。驚く彼女の目から涙が溢れ出した。なぜか彼の目も涙で光っていた。

しばらくして彼に笑顔が戻った。支配人は確信した。「気持ちは届いた」。GOサインを出した。次の瞬間、全面ガラス張りの向こうで、景観をさえぎるほどの大きな垂れ幕が上から落ちてきた。「おめでとう」と書かれていた。

パン、パン、パン、クラッカーが鳴った。隠れていたスタッフや宿泊客が出てきて「おめでとう」の拍手。そこでネタばらし。

「驚かせてすみません」と支配人。「えっ、私たちの為に？」、そこから言葉にならない。涙、涙、涙の彼女。

「ホテル杉の湯」のコンセプト・リーダー、喜家村玲子さんからそのときのDVDを見せてもらった。

コンセプトとは「理念」のこと。同ホテルの理念は、「私たちは…お客様と共に感動します」だ。この理念のもとにスタッフは一組のカップルを迎えたのだった。

喜家村さんは言う。「感動って双方向なんですね。自分たちに返ってくるんですね。あの若いお2人から教えてもらいました」

2の章

優しさ
愛
心根

名前で呼び合う幸せと責任感

数年前、『世界がもし100人の村だったら』という話が大ブームになった。世界を100人の村に縮小して考えるのだ。たとえば、世界がもし100人の村だったら、女性が52人で男性が48人。80人は標準以下の居住環境に住み、70人は文字が読めない、とか。

ところで、この地球上に生きている生物の種類を「100種類」に凝縮すると、「学名」といって世界共通の名前が付けられているのは8種類ぐらいで、92種類の生物には名前がないそうだ。

人は、何か新しい存在を発見したり、認知したとき、名前を付けたがる。赤ちゃんが生まれたとき、新しい品種の花や作物ができたとき、新たな星や生命体を発見したとき、まず「名前を付けなきゃ」と思う。

名前とは存在そのもの。だから、「100種類の地球村」に住んでいる92種類の生物に名前がないということは、その存在が確認されていないということになる。

私たち一人ひとりには名前がある。名前は、自分が自分であることを証明するものであると同時に、自分以外の人たちが自分を認知するために必要とする。だから名前を付ける。愛情の反対語を、かのマザーテレサは「無関心」「無視」と言ったが、名前があるということは、もうそれだけでこの上ない愛情の証とも言えるだろう。

先日、『アイユ』という人権啓発誌を読んでいたら、中学1年の實原朋恵さんの作文に眼が止まった。朋恵さんは、入院しているおじいちゃんのお見舞いに行ったときのことを書いていた。

病室に入ると、担当の看護師がおじいちゃんに「實原さん、元気？」と声を掛けていた。朋恵さんにとっておじいちゃんは「おじいちゃん」である。だから、「實原さん」と呼んでいることに違和感を感じた。

そのことをお母さんに話したら、「だっておじいちゃんは看護師さんのおじいちゃんじゃないもの」と言われた。

「なるほど、そう言われれば……」と、朋恵さんはここである問題意識を持った。

「私たちは○○ちゃんのおじいちゃん、○○ちゃんのお母さんなどですませてしまい、その人の名前を呼ぶ機会が少ないような気がする」と。

たまたまお見舞いに来た伯母に、「名前で呼ばれるのと、○○ちゃんのお母さんと呼ばれるのと、どっちがいい？」と聞いた。伯母は「そりゃ名前よ」と答えた。彼女は考えた。「もし私が名前を呼ばれずに育ってきたらどうだったか。それは愛情を注がれずに育つのと同じではないか」

そして彼女は、「看護師さんたちは、患者さんに早く良くなってほしいとの思いを込めて名前で呼んでいるのではないか」「介護施設で、おじいちゃん、おばあちゃんと呼んでいると、だんだん人格が失われていくのではないか」「名前で呼ばれるのはその人の権利だし、名前を呼ぶことで責任感という義務が生じる」と気づく。

最後に朋恵さんはいじめについても言及していた。

「あの子」という言い方ではなく、その人の名前を呼ぶ勇気さえあれば、いじめはなくなる。名前を呼ぶということは、責任ある態度なのだ、と。

ここにしか咲かない花は「私」

『瑠璃の島』というドラマの主題歌がある。

何も無い場所だけれど
ここにしか咲かない花がある
心にくくりつけた荷物を……

あのコブクロの小渕さんの「ここにしか咲かない花」の一節である。

ドラマの舞台は日本の南の果てにある人口150人足らずの鳩間島。歩いて島を1周するのに1時間もかからない。

コブクロの小渕さんは、その島に滞在して詞を書いたそうだ。だからだろう、この歌を聴くと、南の島やきれいな海の風景が目に浮かぶ。

この曲を聴いた臨床心理士の長谷川博一さんは、心理士らしいイメージを思い浮かべた。それは「家庭という場所」。とある月刊誌に長谷川さんのインタビュー記事が載っていた。

「〈甘え〉の究極の形は、子どもの存在を無条件で喜ぶことです。『何も無い場所だけれど、ここにしか咲かない花がある』というコブクロの歌の詞がありますが、我が家に生まれたこの子は、『ここにしか咲かない花』だという気持ちがあれば、子どもに伝わります」

長谷川さんは、子どもというのは、子どもらしく生きることが大事だと語っていた。子どもらしく生きるとは、第一に「甘えること」であると。

子どもが親に甘える。すると、「甘ったれるんじゃねぇ」と叱責する親もいるかもしれない。でもそのセリフは、子どもがいい年になってからの話で、小学生くらいまでは十分に甘えられた経験を積み重ねておくことが大事だというのだ。

戦前、戦中、戦後を生きてきた日本人は、「うちのオヤジは厳しかった」とか「母親の厳しいしつけがあったからこそ、今の自分がある」と言う。

しかし、「今の自分がある」のは、ただ厳しい親のしつけのお陰だけではなく、子どもを取り巻く豊かな自然や、豊かな地域コミュニティなどが子どもを育ててきたわけで、親の厳しさだけでは子どもは育たないと思う。

そう、昔の子どもには、どんな厳しい親がいても、ちゃんと「逃げ場」があった。朝から晩まで親に厳しくしつけられていたのではなく、親の目の行き届かないところで、彼らは思いっきり「子ども時代」を楽しんでいたはずだ。

少子化の時代になった。

現代の子どもたちにとっての親の厳しさとは、親の期待通りに生きることを強いられることにある。「エリート家庭で子どもが暴走するのはその影響だ」と長谷川さん。

「小学生で『いい子』というのは、精神発達上、おかしいんです。子どもは自己中心で、悪さをしたり、さぼったりする。それがその時期の本当の姿なんです」と。

そうだったのか。親の言うことを全然聞かない息子をいつも怒っていたが、彼はちゃんと子どもも時代を生きていたのだ。

自分の欲望のままに生き、その中でたくさんの失敗を重ね、時に親から怒られながら、分別のある大人に育っていく。そのときにまたコブクロの歌が聞こえたらいい。

「あの優しかった場所は今でも変わらずに僕を待ってくれていますか？」

背筋を伸ばそう！　ビシッといこう！

基本が出来ていないのに、いきなり野球やサッカーの技術を教えてもうまくなるはずがない。１００年に１人出るか出ないかの天才は例外として、世界的な名声を博すピアニストでも最初はバイエルからピアノを始めたはずだ。高層ビルがそうであるように、高く上に伸びれば伸びるほど、基礎工事は地中深く行う必要がある。

何事も基本が大事だという話である。

その「基本」とは意外とシンプルなもので、たとえば、小学校1年生になるまでに身につけておくべきものだったりする。

先日、京都の辻中公《くみ》さん（42）から『魔法の日めくりメッセージ』をもらった。辻中さんは幼児教育の専門家で、その『魔法の日めくりメッセージ』も幼児向けに作られたものだが、1枚1枚めくっていくと、大人の自分に出来ていないことがあまりにも多いことに気づき赤面してしまう。

1枚目、「朝、歯を磨こう！　顔を洗おう！」、うん、これは出来ている。

2枚目は「一緒にお部屋を片付けようね」。おっと、ここからもう危ない。コメントのところに「部屋の乱れは心の乱れにつながります。片付けをすることで空間が整い、心も整理できるので良いエネルギーが部屋に充満します……」とある。「目を見てあいさつしてるかな？」というのもある。目、見てないよなぁ。「お話は最後まで……」というのはどうだろう。「相手の話が終わるまでしっかり聴くことで、自分より相手を優先することができ、注意深く聴き取る力、集中力が身に付き、……習慣化すると人をまとめる力、リーダーシップ力にもつながります」というコメント。この国のリーダーにも送りたいメッセージである。

ほおーと思ったのは「靴をそろえようね」。コメントには「一度しゃがんで靴をそろえるのは、けじめをつけ、それぞれ物事にはルールがあることを認識する動作です。……靴をそろえることで、けじめがつき、ルールを守ろうという意識が向けられます」とある。そうだったのか、知らなかった。

「落ちているゴミを拾いましょう！」は17枚目に出てくるメッセージ。自然を大切にするとか、環境美化のためではない。誰も見ていなくても、勇気を持って恥ずかしがらずに自分の意思を貫いて行動に移す。これが習慣化されると、「自尊心が芽生え、自分に自信が持て、何でもやってみようと挑戦できるようになります」とのこと。へぇー、ゴミ拾いにはそういう意味があったのか。

23枚目は「旬のものを食べようね」。幼児期から「旬」の意味を知ることは重要だ。「旬を通して四季を感じ、四季を感じると情緒を感じることができる」という。

コメントも含めて読んでいくと、単なるしつけの為の日めくりじゃないことに気づく。実は、辻中さんは易学の専門家で、そのエキスが行間に滲み出ている。幼児向けに描かれているが、「これは侮れない」と思った。

つまり、これらは人生の基本なのだ。基本さえ幼児期に習慣化されていれば、将来、どんな道でも花を咲かせることができるのではないだろうか。

何をするにしても、人生の基本を離れて成功はない。28枚目のメッセージもい い。とても幼児向けとは思えない。これだ。

「背筋を伸ばそう！　ビシッといこう！」

みんなで「日本の宝」を育てよう

映画『闇の子供たち』を観た。気が重くなった。タイの闇社会で横行していた児童買春を告発した梁石日《ヤンソギル》氏の小説を映画化したものだ。

10歳にも満たない子供たちが、客を取らされ、虐待されているシーンはとても正視できなかった。

数日後、カンボジアの「闇の子供たち」を救おうと活動しているNPO法人「かものはしプロジェクト」代表、村田早耶香さんの講演があるので、取材に来てくださいと、編集部にFAXが届いた。

あの映画を思い出すと、気が進まなかったが、講演会場に足を運んだ。

子どもを買う大人たちの中に日本人観光客も少なくないらしい。しかし、遠く離れた日本で私たちにできることは、現地で活動している村田さんたちのような団体に寄付をすることと、聴いた話を伝えることぐらいしかない。そんなことを思いながら、村田さんの話を聴いていた。

ところが、講演の途中から何か違った感情が沸き起こってきた。

何に感動したのかというと、村田さん自身に、である。村田さんは大学生だった20歳のとき、児童買春のことを知った。そして、日本ユニセフ協会が主催する合宿に参加した。

それから1年間、村田さんは一人で黙々と活動を続けた。

翌年の02年、東京大学で「学生と国際協力」をテーマに「思いを形にしよう」というイベントが開催されることを知った。

「自分の思いはまだ形になっていない。そこに行けば何か見つかるかも」

イベント終了後、主催者の1人、青木健太さん（当時19歳）と、本木恵介さん（当時20歳）と出会い、彼らに自分の思いを語った。2人の東大生は村田さんの熱い思いに引き込まれていった。

3人はその年、「かものはしプロジェクト」を発足させた。

04年、大学を卒業したばかりの村田さんはカンボジアに飛び、現地事務所を立ち上げる。自分たちに出来ることは、これから売られていくかもしれない子どもたちを未然に食い止めること。そのために小さな子どもを持つ親や、10代後半の子どもたちに就労の機会を与える。日本から古いミシンやパソコンをもっていった。寄付をもらって行うボランティアでは限界があると、経済的基盤をつくるために東京の事務所にＩＴ関連の事業を立ち上げた。今10人で年商は5千万を超える。大きなトラブルもあった。バカにされたりもした。しかし3人の思いは揺るがなかった。

どういう子育てをしたらこういう若者が育つのだろう。村田さんの父親は、たくさんの東南アジアの留学生の保証人をしていたそうだ。幼かった彼女はそれを見て育った。ここに彼女の原点があるのかもしれない。

大人のできることは寄付をするだけじゃない。彼らのような若者を如何に育て上げるか、だ。子どもに何を見せ、子どもとどんな会話をし、何を与えるべきなのか。

我々が育てた若者が、次の時代の子どもたちを育てていく。これは間違いない。

過去を意味あるものにするために

小学6年生のその少女は、そのとき、ブラジルの首都サンパウロにあるアメリカン・スクールに通っていた。少女は、新学年になった頃から世界史の教科書の後ろのページが気になって仕方なかった。

授業は古代ギリシャやローマのところから始まるが、少女はチラチラと後ろのページを何度も何度も読んでいた。「パール・ハーバー」という見出しの付いたページだ。授業がルネサンス時代まで進んだ頃には、「パール・ハーバー」の記述をほぼ暗記していた。

悪魔的な世界征服の野心を持った日本が、平和を愛するアメリカ国民を如何に驚愕させたか。野蛮な後進国が如何に自由と正義の国アメリカに滑稽な闘いを仕掛けたか。そしてその野望は原爆によってくじけた。そんなことが書かれていた。

少女は、そのクラスでただ1人の日本人だった。その授業がいつか来ることを考えるといつも憂うつになっていた。

遂に「その日」は来た。少女は仮病を使って学校を休むことにした。病気のとき、いつも母親はパンがゆを作ってくれる。

朝、パンがゆを食べながら、母を騙していること、そして、自分が「パール・ハーバー」の授業を休んだら、大好きな歴史の先生はどう思うだろう、そう考えると苦しくなり、やっぱり学校に行くことにした。

授業が始まった。先生は、日本が資源に乏しい国であること、そして発展するためには外国から資源を輸入しなければならないこと、どんな貧しい国でも貿易によって発展する権利がある、ということを話し始めた。

「あれ？　教科書にはそんなこと書いてない」

先生の話はさらに進む。欧米諸国はアジアの国が発展し過ぎることを好ましく思っていなかったこと。そのために日本の資源輸入を困難にしていたこと。実はアメリカは欧州戦に参戦する契機を掴もうとしていたことを話した。

「違う。教科書と違うことを先生は話している」。少女は、先生が自分1人の為にその授業をやってくれていることに気がついた。

最後に先生はこう言った。「戦争にはたくさんの原因があるのに、原因を一つに決めてしまうのは歴史に対する暴力だ」

授業が終わったとき、少女は先生にお礼を言おうとした。しかし、一言しゃべったら涙が一気に溢れそうだった。

その後、長い時間が流れた。あのサンパウロのアメリカン・スクールに通っていた少女は、国際関係の仕事、平和の創造に関わる仕事を夢見るようになった。エール大学で政治学を学んで国際政治学者となり、軍縮会議日本政府代表部の特命全権大使など、さまざまな国際舞台で活躍した。05年、我々国民の前に、「小泉チルドレンの猪口邦子」として登場し、初当選・初入閣を果たした。

一人の国際政治学者の背景には、幼少の頃のあんなステキな体験があったのだなぁとしみじみ思った。

拝啓、あなたの愛は元気ですか？

「梅原司平」というシンガー・ソング・ライターがいる。還暦を過ぎているのだが、今も全国の中学校や高校でもコンサートをやる。

彼の歌は若者ウケするポップスやラップのようなものではない。社会的に弱い人、平和、生き方などをテーマにした歌が多い。きっと「ダッサイ歌やなぁ」と感じる生徒もいることだろう。しかし、コンサートが進むにつれて、なぜか、中・高生の顔が輝いていく。不思議な魅力を持った歌手だ。

ある高校の教師が生徒たちに、「君たちで梅原さんのコンサートをやってみないか」と誘った。教師は、生徒たちにやる気を起こさせるために梅原さんの歌を実際に聴いてもらおうと、喫茶店を貸しきってプレコンサートを企画した。

途中休憩のとき、革ジャン姿の茶髪の生徒が、「あんたの歌は俺の雰囲気じゃねえよ」と言った。

「君はどんな音楽をやっているの？」と梅原さんが聞くと、「ロックだよ、アメリカの」。そしてその生徒は自分が今苛立っている心境を話した。

梅原さんは言った。「その苛立ちを歌にしろよ。それがロックだ。日本人はすぐアメリカの真似をしたがる。もっと自分の言葉で、自分の思いを歌ってみろよ」

プレコンサートが終わった後、彼が梅原さんに言った、「俺、今日から音楽の聴き方を変えます」

半年後、その彼が実行委員長となって「梅原司平・折鶴コンサート」が開かれ、500人の会場は満席になった。

ある高校で歌ったとき、会場は私語だらけ。全く聴く姿勢がなかった。学校主催だからみんなしぶしぶ体育館に集まったのだろう。歌の合間に梅原さんは言った。「この町は工業で栄えた町だろう。今は産業の空洞化といって、日本の企業はどんどん海外に工場を造っている。この現実をしっかり受け止め、考えられる人間にならない限り、君たちの未来はないぞ」。一瞬にして会場は静かになった。

ある養護学校でのコンサートでは、全く音楽に反応しない少女がいた。みんな盛り上がっているのに知的障害のある彼女はうつむいたまま。

梅原さんはその子に向かって何度も何度も同じフレーズを歌った。だんだん会場のみんなの視線がその子に注がれていった。

そしてほんのわずかだったが、その子の唇が動いた。大きな拍手が会場いっぱいに響いた。

最後の歌を歌いながら梅原さんは一人ひとりと握手した。その子の前に来たとき、その子は梅原さんの耳元でささやいた。「ありがとう」

コンサート終了後、帰り支度をしている梅原さんにスタッフのお母さんが来て言った。

「あの子、家族以外の人に握手したり、声を掛けたりしたことがなかったんですよ」

ある高校生はこんな感想文を書いた。

「正直、体育館で寝るつもりだった。梅原さんが出てきたとき、何か変わったおっちゃんが出てきたと思った。歌を聴いているうちにいつの間にか手拍子をしていた。そして気がついたら泣いていた。自分が泣くなんて思ってもみなかった」

こんなたくさんのエピソードと感想文が、「梅原司平」というシンガーソングライターの人生を支えている。

生きること、愛すること

伊波《いは》さんは1943年、沖縄に生まれた。14歳のとき、ハンセン病を発症。当時ハンセン病にかかると「らい予防法」（96年に廃止）という法律により、社会から隔離され、一生施設内で生きていく運命になる。

ハンセン病と診断された日、14歳の伊波少年は家族と最後の食事をし、涙の別れをする。そして四方を海に囲まれた愛楽園診療所に入所。施設内の学校で義務教育を受けることとなった。

翌年のことだった。伊波少年の書いた作文がコンクールに入選し、内地に送られた。

それが文豪・川端康成の目に留まった。沖縄を訪問する機会のあった川端は、伊波少年に会いたいと切望し、愛楽園を訪ねた。

川端は伊波少年の手を取り、目に涙を浮かべて言った、「たくさん書きなさい。自分の中にいっぱい蓄えなさい」

別れ際に「何か欲しいものはありますか?」、川端は聞いた。すかさず伊波少年は答えた、「本です」

4週間後、本がいっぱい入った段ボール箱がいくつも届いた。

ハンセン病にかかった子どもたちは中学を卒業すると施設内の作業所で働くことになる。ある日、伊波少年は内地の岡山県にハンセン病患者のための公立高校があることを知る。高校進学の夢がふくらんだ。そして脱走を決意した。

慰問に訪れた父親に高校進学の話をした。父親は息子の夢を何とか叶えたいと思った。当時の沖縄はアメリカの統治下にあった。父親は知り合いのツテでパスポートを取得。脱走後の港までのルートも決めた。またハンセン病患者なので鹿児島に渡ったら、とりあえず鹿児島のハンセン病診療所に入所する手配もした。

脱走劇はまるで映画のようだった。そして鹿児島の施設内の中学生として岡山の高校を受験。その高校で1人の外科医と運命的な出会いをした。その医者の治療を受け、彼はハンセン病を克服したのだ。

社会に復帰した伊波さんは診療所の看護師だった女性と結婚し、2児の父親になった。しかし、元ハンセン病患者に対する偏見と差別は容赦なく伊波さんの家族を引き裂いた。伊波さんは2人の子どもの将来を考え、離婚を決意した。

家を出て行く日、8歳の長男と伊波さんは口論になった。「僕は父さんについていく」「だめだ」「どうして？　僕がまだ小さいから？」「そうだ」「じゃあ何年経ったら父さんのところに行っていいの？」「10年だ」、伊波さんは咄嗟にこう答えた。

10年が過ぎた。1人暮らしの伊波さんのアパートに18歳になった息子から電話があった。「約束の10年が経ちました。会いに行ってもいいですか？」

伊波さんは驚いた、「あいつ、覚えていたのか」

数日後、息子は東京都の地図を片手に伊波さんのアパートを訪れた。「多摩地区」のページだけがボロボロになっていた。10年間、ずっと父親の住む多摩地区のページを眺めていたのだという。

偶然聴いたNHKの『ラジオ談話室』に出演されていた伊波敏男さんの話にいたく感動し、著書『花に逢はん』を読んだ。らい予防法には大きな政府の誤りがあった。ハンセン病に対する差別と偏見は筆舌に尽くしがたいものがあった。それでも人間にはその運命を超える力がある。生きること、人を愛することの意味を今の14歳に伝えたい。

「抱っこの宿題」、忘れんでね！

福岡県のみやま市で、保険代理店を営む平田哲也さんがお客様向けに『やべがわ新聞』という「ひとり新聞」を発行している。これがなかなかオモロイ。

裏面には「親バカコーナー」があって、こんな話が載っていた。

今年の6月のある日のこと、小学校1年生の三女、こはるちゃんが学校から帰ってくるなり、嬉しそうにこう叫んだ。「お父さ～～ん、今日の宿題は抱っこよ！」

何と、こはるちゃんの担任の先生、「今日はおうちの人から抱っこしてもらってきてね」という宿題を出したのだった。

「よっしゃあ！」と、平田さんはしっかりこはるちゃんを抱きしめた。

その夜、こはるちゃんはお母さん、おじいちゃん、ひいおばあちゃん、2人のお姉ちゃん、合計6人と「抱っこの宿題」をして、翌日、学校で「抱っこのチャンピオン」になったそうだ。

数日後、平田さんはこはるちゃんに聞いてみた。「学校のお友だちはみんな抱っこの宿題をしてきとったね？」

するとこんな悲しい答えが返ってきた。「何人か、してきとらんやった」。でも、世の中、捨てたもんじゃない。次に出てきた言葉に救われた。「だけん、その子たちは先生に抱っこしてもらってた」

ステキな先生だなぁと思った。こういう宿題が出せるのは小学校1、2年ぐらいだろう。小学校3年生以上になると恥ずかしがってしないから。

人間には抱っこが必要である。幼少期にしっかり抱っこしてもらった子は、そのときの体の柔らかさも、温もりも、覚えていないが、潜在意識が記憶している。

さあ、ここから話は一気に精神分析医・フロイトの話に飛躍する。

抱っこは身体的に密着した状態である。当然赤ん坊はその密着状態が心地良いわけで、少しでも親から離れると泣き叫んだりする。

歩けるようになると、ちょっとずつ親の懐から離れるようになるのだが、まだまだ親の目の届く範囲内だ。

3歳ぐらいから本格的な親子分離が始まる。同時に子どもの心に芽生えるのが複雑な二面性だ。すなわち、「抱っこされたい。でも拘束されたくない」「自由に遊びたい。でも親から離れたくない」「親がうざったい。でも親にしがみつきたい」

幼児はこの心の葛藤を繰り返しながら少しずつ親から離れ、そして親が近くにいなくてもそれに耐えられる力を獲得していく。この力を獲得するために欠かせない条件が、それ以前にどれだけ抱っこされてきたか、である。

乳幼児期にたっぷりと愛情を注がれてきた記憶があると、帰りたいときにいつでも親（あるいは親の代わりになる人）のところに戻れるという安心感が、心の真ん中に出来上がる。そういう子は、それ以降、自立に向かって「人生のコマ」を次の発達段階に進めることができるのである。

幼少期にやり忘れた「抱っこの宿題」は、思春期に歪んで出てくる。男の子はずっと抱っこされたいマザコンであり続けたり、女の子は親以外の大人に抱っこしてもらってお金をもらうという援助交際に走ったり……。

「抱っこの宿題」は子どもにでなく、親に課せられた「宿題」だったのだ。

愛される為に生まれてきた

最近、「チャレンジド」という新しい英語をメディアでよく見かける。「チャレンジド」とは、障害者を指す言葉だ。「努力を必要とする」という和訳に、「神様から挑戦すべき課題や才能を与えられた人」という意味が込められている。

先日、千葉県の幕張で、「チャレンジド・ミュージカル」を観た。障害をもつ人たちが文化・芸術を通して社会参加し、みんなが助け合い、支え合う地域づくりを目指してNPO法人「いちかわ市民文化ネットワーク」（通称いちぶん）が主催しているものだ。

ステージにはダウン症の子、知的障害児、自閉症の子など、障害もさまざま。車イスで上半身だけを一生懸命動かして踊っている子もいた。精一杯の自己表現を彼らは楽しんでいた。会場は感動の渦に包まれた。

ところで、ミュージカルが始まる前のオープニングで、年齢からして30代、40

代の男女が出てきて歌とダンスを披露した。

子どもたちによるミュージカルと聞いていたので、最初、「ん？」と思ったのだが、この人たち、とてもいい表情なのだ。激しい動き、それでいて終始、さわやかな笑顔。途中からハッと気が付いた。「もしかしたらこの人たち、障害のある子どもたちの親たちじゃないのかな」って。それから舞台を観る目が変わった。

普通だったら障害をもったわが子が劇に出るとなると、舞台の袖で陰ながら応援するとか、客席からビデオカメラを構えて観ているものだが、彼らはわが子と一緒に舞台に立っていたのだ。

みんなとても仲が良さそうである。きっと日常生活の中でも彼らは支え合い、助け合い、励まし合い、そして共に泣き、共に笑ってきたんだろうなぁと思った。

エンディングでは何人かがマイクを持ってこんなメッセージを送っていた。

「子どもが産まれたという喜びと同時に、お医者さんから『お子さんには障害があります。一生治りません』と告知され地獄に落とされました。一緒に死のうと思ったこともありました」

「この子は何の為に生まれてきたの？　ってずっと問い続けてきました。ある日、分かったんです。この子は愛される為に生まれてきたんだって」

「あの子は私をいろんな色に塗ってくれました。そして私はたくさんの優しさと出会いました。ありがとう」

「今、あの子の障害は愛に満ち溢れています。今、障害をもっている小さなお子さんを育てている親御さんに言いたいことがあります。障害のある子どもを育てるってまんざらでもないよ」

実は、うちの義弟も知的障害者だ。今は40代後半にさしかかっているが、ミュージカルをやるなんて、彼が育った時代には考えられないことだ。

義母や妻の話によると、彼の子育ては本当に大変だったそうだ。育てるだけで精一杯。将来のことを考えると暗い気持ちになる。そんな家庭に精神的なサポートはなかった。

「まんざらでもないよ」と言えるようになるまでに、どれほどの歳月が必要だったか分からないが、きっと彼女は同じ境遇の親たちと出会い、同じ悩みや悲しみや絶望感をくぐり抜けて、ようやく「共に生きよう」という気持ちになったのだろう。そういう人たちの輪が少しずつ広がっていけば、本当の意味で助け合い、支え合う地域社会ができると思う。

映画『山の郵便配達』に観た父子の絆

人ひとりがやっと通れる険しい山道をひたすら歩く親子。3日かけて120キロの道を行く。その途中にある村々に立ち寄り、郵便物を集配する。中国・湖南省の山岳地帯を舞台にした映画『山の郵便配達』、感動した。

交通手段がほとんどない山村に、長年郵便配達の仕事をしてきた初老の男がついに体力の限界を感じる。そして息子が父の仕事を引き継ぐ日がやってきた。映画は、父にとって最後の仕事、息子にとって最初の仕事となる2泊3日の旅を追いかける。

愛犬の「次男坊」もこの2人に同行する。今まで父と一緒だったが、これからは息子と行動を共にすることになる。

息子は、郵便物がきっちり入った重いリュックを背負う。その後を無言でついていく父。長い間、父は仕事のためほとんど家にいなかった。そのせいで父子の絆は薄く、息子は父親を「お父さん」と呼んだことがなかった。だから、ただ黙々と歩く。

ある村に着いた。全盲の老婆に軍隊に行った孫からの手紙を渡す。仕送りが同封されている。老婆はお金を包んでいた白い紙を渡し、「手紙を読んでくれ」と頼む。父は読み上げる。「おばあさん、目はどうですか？　腰の具合はどうですか？　こちらは順調です。なかなか帰れないので困ったことがあったら郵便配達の人に頼んでください……」

老婆は言う、「いつも同じだな」

父は息子に手紙を渡して、「続きはお前が読め」と言う。息子が紙を見る。白紙だった。息子は戸惑いなら何も書かれていない紙を見て、「一人暮らしは大変だね。よければ一緒に住みましょう……」と続けた。

老婆と別れた後、息子は「ああやって何年も父はあの老婆に白紙の手紙を読んであげてきたんだ。そしてこれからは俺が読んであげなきゃいけないんだ」と考える。

そしてまた思う、「外に出た者は家を思う余裕はないが、家にいる者は外の家族を思うんだ」

息子は婆さんの手を握ったとき、母を想った。

川があった。向こう岸に渡る橋はない。息子は膝まで川に浸かって向こう岸まで渡り、リュックを下ろし、また戻ってきて父を背負い渡る。

父は、息子に背負われながら、息子が小さかった頃、息子を肩車して夜祭りに行った日のことを思い出し、溢れてくる涙を必死で堪えた。

息子は、この冷たい川の水で父は膝を痛めたことを知る。そして、背負った父が郵便物より軽いことを知る。

ずっと前、父が崖から落ちて村人に助けられたことがあったという。そんな話も村人から聞いた。父が母と出会ったのも郵便配達の途中だった。

2泊3日の旅は父の生き様そのものだった。自分の知らない父親の人生があった。心に大きな隔たりを持っていた父と子は次第に心を通わせていく。

経済発展とはほど遠い山岳地帯の人たちの暮らし、一人っ子政策の中で愛犬に「次男坊」と名付けるユーモア、都会に出ていった家族からの手紙を待ち望んでいる村人。現代中国が抱えるもう一つの「顔」と、日本人がすっかり忘れてしまっている「ふるさと」の風景が、美しい映像と共に伝わってくる。

「プロジェクトX」風　クマを守れ！　森を守れ！

これは、兵庫県の1人の中学教師と子どもたちが、「熊を守ろう」と立ち上がり、やがて国をも動かしていった壮絶な闘いのドラマである。

平成4年、それは生徒が持ってきた新聞記事から始まった。『ツキノワグマ、環境破壊により絶滅寸前』との見出し。撃ち殺された子熊の写真が載っていた。その記事の内容に、理科の教師・森山まり子さんは衝撃を受けた。「今、日本の森は熊が住めないくらいに自然破壊が進んでいる」

翌日、森山さんは生徒たちに話した。「今は環境の時代。日本にはたくさんの環境保護団体がある。どこかの団体がこの問題に取り組んでいるはずや」

その後、森山さんは気になっていろんな環境保護団体に問い合わせてみた。原発反対や地球温暖化防止、ごみ問題などに取り組んでいる団体はたくさんあったが、野生の熊を守ろうという団体は一つもなかった。

県庁にも問い合わせた。「熊は害獣です。駆除の対象になっています」と言われた。「保護しています」という部署は……なかった。

熊の専門家の話も聞いた。「元々熊は臆病で、とても賢い動物です。むやみに人を襲うことはありません」

森山さんは生徒たちに謝った。「日本には、熊を守ろうという団体はないんやて」子どもたちが自主的に立ち上がった。自分たちで「熊を守る会」などという自然保護団体を結成し、署名活動を始めた。たくさんの署名が集まった。行政に持っていったが全く相手にされなかった。環境問題を専門とする学者も行政側に回っていた。

環境庁にも乗り込んだ。門前払いだった。びくともしない壁だった。

地元の猟師や農家から激しく批判された。「熊を殺さないと農作物は守れない！なんで熊を保護するんだ！」

地元の新聞記者も運動の途中からいなくなった。

1人の生徒が言った。「大人は子どもに愛情なんてないんとちがうか。自然も資源も自分たちの代で使い果たして、僕らに何も残してくれへんな」

別の生徒が言った。「これは熊だけの問題やない。自分たち人間の将来にもかかわる問題や」

子どもたちの熱意が流れを変えた。「知事に会いに行こう」

森山さんと子どもたちは貝原知事（当時）に直訴した。

知事は、熊を野生で残さないといけないことを理解し、熊を守るために、植樹祭に植える木を杉ではなく、広葉樹に変更した。

平成6年5月、兵庫県で天皇皇后両陛下をお迎えしての全国植樹祭が開催された。子どもたちは両陛下に手紙を書いた。前代未聞のことが起きた。両陛下がその手紙をしっかり受け取ってくれたのだ。

環境庁の態度が急変した。「兵庫県のツキノワグマ、絶滅のおそれにつき、狩猟禁止令を発令します」、当時の浜四津環境庁長官が発表した。

運動開始から18年が経った。当時中学生だった子どもたちは社会人となり、弁護士として、教師として、それぞれの立場で、森山さんと日本熊森協会の活動を共にしている。

森を守り、熊を守る闘いは今も続いている。

年老いても愛を語りましょう

教師をしている友人の理恵さんが椎間板ヘルニアで入院した。

入院してから1ヵ月の間にいろんなことがあった。付き合っている会社員の彼からプロポーズされた。喜んだのもつかの間、その数週間後に彼が突然福岡に移動になった。彼女は病院のベッドに1人残された。

結婚しても仕事は続けるつもりでいたが、結婚生活を選ぶとすれば退職をしなければならないのか、それとも福岡でも教職員として採用されるだろうか、1人悩んだ。

その前に病気を治さなければならない。心は焦りと不安でいっぱいだった。

数日後、病室が変わった。4人部屋で、ほかの3人はみんな70歳を超えている。整形外科なので頭と口は健康だ。3人とも同世代とあって話が合う。彼女たちは1日の大半をおしゃべりに費やした。そのおしゃべりは彼女には騒音だった。1人自分の殻に閉じこもって読書をしたり、泣いたり、彼と携帯電話で話したり……。

孤独だった。

同僚の英語の教師がお見舞いに来た。外国人が入ってきたので3人は一斉ににこっちを見た。そのうちの1人が「きれいな髪ね」と英語で話し掛けた。

理恵さんは驚いた。「Sさん、英語ができるんですか?」「死んだ夫が通訳の仕事をしていたの。私も話せたけど、もう忘れたわ」

亡夫と見た古いアメリカ映画『誰が為に鐘は鳴る』の話を始めた。70歳を超えた老婆が熱く男女の愛を語る姿に理恵さんは感動した。


その日からおしゃべりな老婆たちを見る目が変わった。Yさんから若い頃の話を聞いた。結婚してすぐ子どもができた。幸せいっぱいのときに召集令状が……。夫は戦争に取られ、帰らぬ人となった。わずか2年足らずの結婚生活だったそうだ。その思い出を胸に、Yさんは愛情を1人息子に注ぎ、2人で戦後を生き抜いた。静かに語るYさんの言葉に理恵さんは涙をこぼした。

Mさんは毎日夜8時になると廊下にある公衆電話に行く。家に1人残した夫に電話を掛けるのだ。Mさんは17歳で農家の家に嫁いだ。結婚式当日まで新郎の顔を見たことがなかった。式の当日、角隠しの中からそっと見上げて新郎を見た。

顔も見たことがなかった2人が結ばれ、今半世紀を越えて添い遂げている。なんてステキな愛なんだろうと理恵さんは思った。

結婚のこと、仕事のこと、病気のこと、理恵さんは3人の「先輩」に話してみた。「縁は大事にせんといかんよ」「今は男女平等とかいうけど、やっぱり男は立てんといかんよ」「女の幸せなんて単純なところにあるのよね」

一つ一つの言葉が重かった。何か目に見えない力でこの病室に来たのではないかと理恵さんは思った。

愛って、今の豊かな時代の若い男女のものだけではない。貧しい時代にも男女は出会い、愛し合い、幸せな夜を過ごした。

Sさんが好きだった『誰が為に鐘は鳴る』は1930年代のスペインを舞台に描かれたものだ。マリアは、一目惚れしたアメリカ人青年ロベルトにこう言った。「キスをするとき、鼻と鼻がぶつかるんじゃない？　どうしたらいいの？」

近年、都会では夜でも灯りが煌々と輝いて、夜空の星が見えなくなってしまったように、こんな純粋な愛も見えなくなってしまったような気がする。

理恵さんは今福岡県の高校で教師をしながら3人の子どもの母親をしている。いつかおばあちゃんになったらこのときの愛の話を娘たちにしてほしいなぁと思う。

政治ではできない子育て支援

卒業式の季節である。

1年前、毎日新聞に1人の女性が、わが子の幼稚園の卒園式にまつわるエピソードを投稿していた。

幼稚園に入園するまでは1日中一緒にいるので母親は子どものことを何でも知っていた。ところが幼稚園に通うようになると、子どもが園でどんなことをしているのか分からない。そのことを母親は「初めてできた秘密」と書いていた。

子どもが園から帰ってくるとカバンを開けることが一番の楽しみになった。園でどんなことをしてきたのか、その「秘密」を少しだけ覗けるからだ。

カバンにはいろんなものが入っていた。まず先生がその日の様子を書いてくれる連絡帳、ポケットに砂が入っている体操服、お絵かきの時間に描いた絵、いろんなものを踏んづけた上靴等々。カバンの中から出てくるものを見ていると、何だか誇らしい気持ちになった。

そしてあっという間に3年の月日が流れ、いよいよ迎えた卒園式。泣くかなぁと思っていたが、式は思ったよりも厳粛で、意外と冷静に見ることができた。ところがその日、最後に持って帰ってきたカバンの中身を見て、彼女は涙が溢れて溢れて仕方がなかった。こう書かれてあった。

「短くなったクレヨン、粘土が刷り込まれた粘土板、残りわずかなのりやテープ……。どれもこれもぐちゃぐちゃになるまで使い込まれていました。新品だった道具をこんなになるまで使ったんだね。いっぱいいっぱい遊んだんだね。お母さんは嬉しくて、寂しくて、誇らしくて、ボロボロ泣いてしまいました」

子どもの成長を目の当たりにしたとき、嬉しくもあり、寂しくもあり、言葉にならない感情が込み上げてくる。

生まれてから今日までの自分と子どもの「歴史」が走馬灯のように脳裏をかすめるからだろう。

楽しかったことばかりじゃない。思うようにいかない子育てにどれほど悩み、苦しんだことか。

でも苦しかったことばかりじゃない。子どもの愛らしい笑顔にどれほど生きる勇気をもらったことか。そしてもう二度と戻ってくることのないそれらの日々を思うと、切なくなって胸が締め付けられるのだ。

年配の女性が、全く知らない東北の地にお嫁に来て、3人の子どもを育ててい
た20代の思い出を、ある新聞に投稿していた。その記事をたまたま読んだ津田塾
大学教授の三砂ちづるさんが著書『タッチハンガー』の中で取り上げている。

買い物帰りの夕方、2人の幼子の手を引き、背中には乳飲み子。母親は土手を
とぼとぼ歩いていた。よほど疲れた顔をしていたのだろう。向こうから来た、作
業服姿のおじさんがすれ違い様に声を掛けた。

「母ちゃん、えらいな。だけどもうちょっとの辛抱だよ。もうちょっとがんばれ
よ。もうすぐ楽になるからな」

そう言っておじさんは通り過ぎた。若い母親の目から涙が溢れて止まらなかった。

「知らない土地で、知らない人に掛けられたほんの一言に支えられてここまで生
きてきた。今の自分があるのはあのときのおじさんのあの言葉のお陰だ」と綴ら
れていた。

3の章

志
生き方

殺さなければならなかった理由

平成22年8月27日、129日間におよんだ口蹄疫が終息した。

健康な牛や豚を含め、約29万頭が日本の畜産業を守るために犠牲になった。最後に殺処分されたのは、「生かしておくことが宮崎県の畜産業の為になる」と、殺処分を拒み続けてきた薦田《こもだ》長久さんが飼育する6頭の「民間種牛」だった。

殺処分される日、長年自分たちの生活を支えてくれたことに感謝の気持ちを込めて、薦田さんは6頭の牛に花束を贈った。この映像には、泣けた。

タレントの武田鉄矢さんがラジオで、「日本の畜産業の方々の心の優しさに胸を打たれました。飼い主が牛に花束を捧げるという、この倫理観の高さに圧倒されました」と話していた。

終息が宣言された日、与党民主党の枝野幹事長（当時）が宮崎入りし、被害農家の方々を前に、「今回の口蹄疫は単なる災害や病気ではなく、社会的現象と捉えている」と話した。

その場に、口蹄疫の第一例目を発見し、家畜保健所に通報した獣医師・青木淳一さんがいた。青木さんは幹事長に訴えた。

「口蹄疫がなぜ国を滅ぼすと言われているのかというと、国の経済を揺るがす問題だからです。そして、それを止めたのはこの農家の方々です。国を守るためにワクチンを打って殺処分したんです。……宮崎が国を守ったんです。だから、これからの復興も国策として取り組んでください」

よくよく話を聞いてみると①口蹄疫は人に感染しない②口蹄疫に感染した牛の肉を食べても問題ない③口蹄疫に感染してもその牛が死に至る確率は非常に小さい④口蹄疫は治る病気である、ということが分かった。途上国では口蹄疫の牛が出ても、しばらく放っておくと治ってしまうそうだ。

つまり、口蹄疫はそれほど怖い病気ではない。だったらなぜあんなに躍起になって殺さなければならなかったのか。

青木さんの「口蹄疫は国の経済の問題なのです」という話を聞いて、その答えがやっと分かった。

世界の畜産国は、口蹄疫ウイルスが国内にいない「清浄国」と、国内にいる「汚染国」に区別されている。口蹄疫は人間には無害なので「汚染国」でも牛肉を国内で流通させているし、輸出もしている。だが、国際的な取り決めで、「汚染国」の牛肉は「清浄国」に輸出できない。「汚染国」同士で取り引きすることになる。

殺処分せず、ワクチンだけ打って畜産業を続ける道もあった。そうすると、日本は「汚染国」になる。「汚染国」になれば、他の「汚染国」から安い牛肉が大量に入ってきて、牛肉の価格破壊が起こる。そうなると日本の畜産農家は壊滅、ひいては日本経済にも大打撃となる。

そういう意味で、約29万頭の牛や豚の犠牲と、畜産農家の苦悩と涙の上に、日本の畜産業は守られた。

先日、熊本に行った。阿蘇山の麓に広がる草原で草を食べる牛を見かけた。実に平和な光景だった。

「ここまで口蹄疫が広がらなくてよかった。宮崎の関係者の人たち、本当によく頑張った。よくぞ県内で止めた」、そう思ったら胸が熱くなった。

生産者の高い倫理観を垣間見た私たちは、消費者の立場で食の倫理観を確立しなくてはならない。食のいのちに感謝すること、食のいのちを無駄にしないこと。

物理的な時間を情緒的な時間に

カー用品の専門店「イエローハット」の創業者で、「日本を美しくする会」の鍵山秀三郎さんは、新聞・社会面の暗いニュースは読まないそうだ。

理由は、「そういう記事を読んでも、それが後々自分の人生に何か参考になるとは思えないから」

なるほど。特に朝刊は、朝起きて、一番最初に脳にインプットする情報である。

朝といえば、睡眠によって前日の疲れが取れ、さわやかに目覚める時間だ。

「昨日はいろいろ嫌なこともあったけど、今日は頑張ろう！」と、心機一転して布団から跳ね起き、「今日も一日よろしくお願いしまーす」と神棚に二礼して、パンパーンと柏手《かしわで》を二度打って1日のスタートを切る。

そして、おいしい朝ごはんを感謝しながら食べた後、お茶を飲みながら新聞を広げる。すると、殺人事件やら政治家の汚職事件の活字が飛び込んでくる。

テレビをつけると、みの某氏が「ほっとけない！」と怒りながら、悲惨な殺人事件を事細かに報道したり、タレントの覚せい剤問題を執拗に追いかけたりしている。

こういうとき、そのテレビを観ている自分に悲しくなる。

やっぱりタダで観られる民放の番組も、わざわざお金を払って読む新聞も、情報は受け手がきちんと取捨選択して、本当に必要な情報を得たいものである。

とは言っても、我々凡人の心の中には、他人の不幸を「おもしろい」「覗きたい」と思う心理がある。

だから、鍵山さんのように「いつも心をきれいに」「いつも身の回りをきれいに」と心掛けていないと、ついつい他人の不幸やプライバシーを酒の肴にして会話を弾ませてしまいがちだ。

さて、格差社会といわれている昨今だが、1日24時間という時間は、すべての人に平等に与えられている。24時間はただ物理的な時間に過ぎないが、その時間を豊かな時間にするか、つまらない時間にするかは、その人の心掛け次第だろう。

たとえば、朝、新聞を読む時間が20分あるとして、その中で心が温まるような記事を一つでも見つけることができたとしたら、その物理的な時間はその人にとって情緒的な時間になる。

「暗いニュースは読まない」という鍵山さんも、たとえ小さくても心が温まる記事に目が止まると、切り抜いて保存しているという。「そういう記事は繰り返し読んでも心にほのぼのとした感動を与えてくれます」と。

改めて、人生に役立つ情報というのは、探そうとする意思がないと出合えないものだと思った。受信機としての機能を持つ私たちの感性も常に磨いておくことが大事だ。

鍵山さんはトイレ掃除をしながら、その感性を磨いている。だから、いつも謙虚。謙虚だからいい情報をキャッチできるのだろう。

「身の回りをいつもきれいに……」と心掛けていると、1日の多くの時間を心豊かに送れるのかもしれない。

どんな仕事も原点は「心を込めて」

元夜間中学校教師、松崎運之助《みちのすけ》さんの話を聴いた。

夜間中学校は、戦前、戦後の貧しい中で、十分な教育を受けられなかった人たちの為の学校だ。そこで読み書き、計算など、小学校レベルから教えてくれる。

国語の授業で、松崎先生は「ハガキを書く」という宿題を出した。何でもいいからハガキの裏に好きなことを書いて投函する。宛先は松崎先生のアパートだ。

数日後、先生のアパートに次々とハガキが届いた。ただ1人、イノさんからのハガキだけが届かない。イノさんは当時30代の左官職人だった。

「ちゃんとポストに入れたのに……」、イノさんは残念がっていた。

ハガキのことを忘れた頃、1枚の不思議なハガキが松崎さんのアパートに届いた。何度も書いたり消したりしたらしく、住所のところは黒くなって、ほとんど読めなかった。「まつざきみちのすけさま」という文字だけがかろうじて読めた。

「こんなので届くわけがない。なんで届いたんだろう」と松崎さんは思った。

よく見るとハガキの隅に地図が書いてあった。「やきとりや」と書かれ、そこから矢印がアパートの絵に伸びていた。そして3番目の部屋が塗りつぶしてあり、「ここ」と書かれていた。

「せっかく住所を書く練習をしたのに、なんで地図なんか書いたの？」と聞くと、「やっぱり目印があったほうが配達しやすいんだよ」とイノさん。

数年後、松崎さんはこの話を地域の公民館の講演会で話した。講演後、1人の男性が近寄ってきた。顔を見たら目が真っ赤になっていた。

「先生の今日の話にどれだけ励まされたか分かりません」とお礼を述べた。

男性は長年、郵便配達をしていた。一軒一軒手紙を運ぶ仕事に誇りと喜びを感じていた。どんなに読みにくい字も、想像力を働かせながら読み取り、必ず宛先まで送り届けた。それが彼にとって「心を込めて仕事をする」ということだった。

台風の日も、年末年始も、休まず配達を続けた。1日の仕事が終わると、みんなでお茶を飲みながら、「あそこのばあちゃんが……」とか「あそこの娘さんが……」と、地域の話題に花が咲いた。

やがて職場に郵便番号を読み取る機械が導入され、合理化が進んだ。配達の仕事は学生アルバイトでもできるようになった。気がつくと同僚たちはいろんな部署に配置転換されていった。男性は配達の仕事に喜びを感じなくなっていた。そんな時、松崎さんの話を聴いた。

「地図付きのハガキの話を聴いて昔の懐かしい思いが込み上げてきました。普通ならそんなハガキは『宛先不明』で処理すればいいんです。だけど、その配達員はきっとそのハガキを手にした時、自分の原点を思い出したんだと思います。『これを必ず届けなきゃ』って。私にはその気持ちが分かるんです」と、男性は涙をボロボロこぼしながら話した。

どんな仕事でも今やＩＴ化やデジタル化など合理化は避けられない時代である。だが、どんなに状況が変わっても、「心を込めて仕事をする」、やっぱりこれが仕事の原点だと思う。

こんな素晴らしいアホがいた

「日本アホ会」という団体がある。メンタルトレーナーで、「西田塾」を主宰している西田文郎塾長が作った会である。

今でこそ脳ブームだが、西田さんは医学の世界でもまだ脳の研究が未開発だった30年以上も前から、脳の機能と能力開発の研究一筋に生きてきた。アホの元祖のような人だ。

当時は社会からまったく相手にされなかった。それでも能力開発で分かりやすい分野があった。スポーツだ。西田さんの指導を受けた五輪選手、プロ野球選手、Jリーガーたちが次々と好成績を出し始めた。北京五輪で優勝した女子ソフトボールチームが西田さんの指導を受けていたことはよく知られている。

いろんな分野の挑戦者たちが成功するための最後のハードル、それが「アホになりきれるか」、ここにある。

西田さんが定義するアホとは、「99％の人ができないと思っていることをできると錯覚して頑張っている人」「何か失敗したとき、普通の人はがっかりしたり、落ち込んだりするのに、『一歩成功に近づいた』とワクワクできる人」

「アホが地球を救う」と題して、全国からアホと、アホを志す人たちが集う年1回の「アホ会」が福岡で開催された。そこに彼らがいた。

「我武者羅應援團」。オールバックに学ランをまとい、今どき珍しい硬派の男たち。会場の入り口付近で、お客さん一人ひとりにエールを送っていた。「やっぱアホ会だから、こんな人たちも来ているんやろう。近づかんとこ」と思った。

パーティのとき、彼らのパフォーマンスがあった。

魂が揺すぶられるほどの感動を覚えた。

彼らは「人生の応援団」を結成し、頑張っている人、元気のない人、失恋した人、卒業生や新入生、一生懸命生きている人、もうダメだと思っている人、とにかく誰でも応援するというポリシーで活動している。

團長の武藤貴宏さんは高校に入ってすぐ応援団に入団した。しかし、あれほど憧れていた応援団だったのに、あまりの厳しい訓練と怖い先輩たちにビビって、わずか2週間で逃げた。その後、卒業し、大学も出て社会人となった。

20代後半に差し掛かったとき、戦わずして逃げた15歳のときの自分を思い出す度に悔しさが込み上げてきた。

「今までたくさんの失敗をしてきたけど、やって失敗した後悔は、やらなかった後悔と比べると大したことじゃない。もう一度応援団をやりたい」

彼は、友人・知人に声を掛けるが誰も本気で聞いてくれない。インターネットで「応援団作りたい」というキーワードを入れた。一人の男のブログが引っかかった。そこから仲間が一人、また一人と増え始めた。大学の応援団を紹介してもらい、基礎を学んだ。きつい練習の中、嬉しくてニヤニヤが止まらなかったという。

12年間、遠回りをした。07年4月、東京のライブハウスで初舞台。以来、全国各地でがむしゃらに誰かを応援している。

2割の善玉菌で居続ける決意

NPO法人「読書普及協会」の理事長、清水克衛さんがこんな話をしていた。生き物の世界には2対6対2の法則がある。二つの「2」は対極をなし、「6」はどっちか勢力の強いほうになびいていく、というものである。

たとえば、細菌の世界。2割の善玉菌と2割の悪玉菌、そして6割の日和見菌がいる。善玉菌が強いと6割は善玉菌になびき、8割が善玉菌となる。それが「発酵」である。だが、2割の悪玉菌が強いと6割はそっちになびき、8割が悪玉菌となる。それが「腐敗」だ。

人間界で言えば、マスコミが「不況です」「大変です」と言い続けると、6割の大衆は口を揃えて、「うちも不景気だ」「うちも大変だ」と大合唱。その結果、国内の8割の勢力が「大変だ、大変だ」というムードになっていく。

清水さんは「2割の善玉菌で居続けよう。そのためには固い意志が必要だ」と言う。誰かが「今不況で大変だ」と言っても、「そうですよね」と答えてはいけない。絶対に流されない決意が必要である。

誰が何と言おうと、「不況がどうした！」「売上げは下がっても俺のテンションは下がらない」「勝利のVという字を見てみい。勝利するためには一度どん底まで落ちなきゃいけないんだ」みたいな、能天気なことを言い続ける覚悟がないと、2割の「善玉菌」で居続けることはできない。

人生には運気というものがある。世の中の「悪玉菌」になびいて、運気が下がると、ツイていないことが複合的に起こる。しかし、2割の「善玉菌」で居続ける覚悟をすると運気は間違いなく上がる。運気が上がれば、どんなマイナスの状況下でも物事が不思議と好転していく。仕事がうまくいったり、いい人間関係に恵まれたり。

運気が上がるきっかけの一つに「頼まれごとを喜んでやる」というのがある。

たとえば、会社の中でも「○○さん、ちょっとすみません。これお願いします」と頼まれたとする。それを喜んでやると、また頼まれるようになる。

頼まれやすい人になると、その人の名前が会社の中で一番呼ばれるようになる。そうなると上昇気流に乗るように運気がどんどん上がっていく。

ところが、「なんでいつも私ばっかり……」と、愚痴を言い始めると、眉間にシワができ、ブスッとした表情になる。そうなると誰からも頼まれごとをされなくなり楽になるが、同時に運気はどんどん下がっていくという。

もう一つ、運気が上がるコツは笑顔。意識して口角を上げているとニコニコしているように見える。ニコニコしているように見えると、だんだん人相が良くなる。人相が良くなると間違いなく運気は上がっていく。

江戸時代に、「稼ぎ3割、仕事7割」という言葉があったと清水さんから聞いた。「稼ぎ」とは今で言えば現金収入につながる商売であったり、給与につながる業務のこと。それに対して「仕事」というのは地域ボランティアのことだった。

壊れた橋があれば修理に行ったり、お年寄りの具合を見に行ったり、一銭にもならないけれど、人の為、地域の為に一肌脱いで汗を流す、これが7割を占めていた。一銭にもならないことだけど、やがてそれは「徳積み」という形で本人に還元され、いい人間関係や商売繁盛に恵まれていったそうだ。

最近、運気が下がっているなと思ったら、口角を上げて、一銭にもならないことにでもニコニコして汗を流してみましょう。

あなたのいのちは誰のもの？

劇団四季の『この生命は誰のもの？』を観た。原作は１９７０年代、イギリスで書かれている。尊厳死が社会問題になるきっかけをつくった作品だ。それから約30年の歳月を経て演出家・浅利慶太氏が、舞台を現代の日本の病室に置き換えて、医の倫理と患者の権利をぶつけた。こんな話だった。

主人公は30代の彫刻家・早田健。交通事故で頚椎を損傷し、首から下が動かない。残された能力はしゃべることだけ。彫刻家としての生命を奪われた早田は絶望的な日々をベッドの上で過ごしている。

頭脳明晰な彼の言葉にはひがみや皮肉が込められていて、筋の通った論理でいつも医師や看護師を困らせている。あまりにも言葉数が多いときは主治医の江間医師は、「精神が興奮状態にある」と診断し、意識を鈍らせる薬（トランキライザー）を注射するのであった。

ある日、このままベッドの上で余生を送るくらいなら自ら「死」を選択しようと考え、若い女医・北原に退院したい旨を告げる。退院は早田の自死に繋がる。病院側は医の倫理に従って、早田の決意を退ける。それに激しく抗議する早田。再び江間はトランキライザーを打つ。早田は「打つな！」と叫ぶが全身麻痺の彼は抵抗できない。

意識が戻った早田は「人間には自分の意思で行動を決定する権利がある」と北原に訴える。北原は「私には医師としての倫理がある」と言えば、早田は「あなたの倫理がどうして私の倫理より優っていると言えるのですか？　私の命はあなたのものなのですか？　私の命は誰のものなのですか？」と絶叫するのであった。

北原は「障害者になって一時は死を考えた人も、その苦しみを乗り越えて生きる意味を見出した人はたくさんいる」と説得するが、早田は「それはその人の選択です。私の選択は死なのです」と譲らない。

第2幕。早田は弁護士を雇い、「退院したい」という意思を無視され、強制的に入院させられていることに対して、裁判所に人身保護請求を申請することにした。

一方、江間は「患者は事故の後遺症で抑うつ状態にあり、生死に対して理性的な判断ができない」と精神保健法に基づき強制入院の必要性を訴え裁判を闘う。

裁判は病室で行われた。双方の証人が意見を述べた後、最後に早田自身が裁判長に訴える。「人間の尊厳は当人の選択から生じてくるものです。そうでなくては人間の品格が下がります。技術が人間の意志に取って代わるからです。裁判長、私が人間でいられないのであれば、一つの医学的な成果などにはなりたくありません」

今度は裁判長が悩む。早田の理性的判断能力を認めれば、彼の主張が通り、彼は退院して、そして死んでいく。江間側の証言を認めれば患者の人権を無視することになる。休憩の後、遂に裁判長は判断を下した。

「早田氏には理性的な判断能力がある」と。そして病院側に「彼の意思を尊重すべきだ」と命じた。

早田は勝訴した。敗訴した江間は「君はもう自由だ。私は君の意志を尊重する。君の希望は？」

早田は言う、「私はここにいたいです」

この一言で、医師も看護師も弁護士も裁判官も、そして劇場の観客もほっとする。激しい闘いの末にやっと見えた「クオリティ・オブ・ライフ」。どんな状態になっても自分の意思が尊重される、これが人間として一番尊いことだ。

いいことを「普通のこと」にする

先日、中村文昭さんに会った。稀に見る面白い男だと思っていたが、実際に会ってみると、想像以上だった。

18歳のとき、田舎から上京してきた初日に、ブレーキの壊れた自転車に乗って当時の防衛庁に突っ込み過激派と間違えられて捕まったり、やっと釈放され自転車を押しながら帰る途中で警察官から自転車泥棒と間違えられて派出所に連行されたり、笑えるエピソードは尽きない。

中村さんは出会った人を友達にするという不思議な魅力を持っている。彼に言わせれば、それが彼にとっての「普通」なのだそうだ。

後に彼は、故郷の三重県伊勢市に結婚式ができるレストランを創業して成功していくのだが、その成功の陰にはたくさんの人との出会いがあった。その一つひとつを手繰り寄せていくと、上京初日に出会った警察官に行き着く。そう、彼はあの日、職務質問した警察官と友達になったのだ。

ある日、その警察官と焼き鳥屋に行ったとき、たまたま隣に座った人とおしゃべりが始まり、その人の生き様に感動し、すぐ弟子入りした。その人との出会いが中村さんの人生を変えた。

中村さんは今、全国各地で講演をしている。移動するときに利用する新幹線の中では必ず隣に座った人と友だちになる。切符を買うと、「今日はどんな人と出会えるやろう？」と胸がワクワクするという。

乗客は普通、新幹線の中では寝ていこうとか、本を読もうかと思っている。しかし、彼はそれを許さない。「かわいそうだけど、僕の隣に座ったら最後、目的地まで寝かせませんでぇ」

とにかく1時間、2時間、一生懸命相手の話を聴き、しゃべる。別れるときには名刺交換をして、「また会いましょう」「今度、ご飯、ご一緒しましょう」となる。

この「新幹線の友だち」は優に100人を超え、その100人から紹介の連鎖が広がっている。

最初に本を出したときの出版社の担当者は、Aさんという人の紹介だが、そのAさんはBさんの紹介で、そのBさんはCさんの紹介で…という具合に遡っていくと、8年前に出会った「新幹線の友だち」に辿り着くそうだ。

彼はなぜ誰とでもすぐ友だちになれるのか。そのことを彼は母親から学んでいる。中村さんのお母さんは、村で旅の人を見かけると、追いかけていって「今晩の宿はあるの?」とか聞いて、「ない」という人がいたら自分の家につれてきて泊まらせるような人だった。そんな母親を見て育ったので、知らない人を友だちにするのは彼にとって「普通のこと」なのだ。

何が「普通」なのか、現代人は「普通」が分からなくなっている。だから、中村さんのように「普通」を作ればいい。玄関では履物を揃える、誰にでもあいさつをする、子どもの前で本を読むなど、中村さんは家庭の中でこれらを「普通のこと」にしていった。

やがて彼の3人の息子たちにとってそれらは「普通のこと」になってしまった。「普通」は作るものである。メデタシ、メデタシ。

大きな夢のひとかけらを大切に

宇宙飛行士になるための試験の一つに、絵のない真っ白なジグソーパズルを完成させるというものがあるそうだ。

ジグソーパズルは、前もって完成した絵が分かっているので、「やってみよう」という気にもなるし、だんだん完成に近づいていくと喜びも湧いてくる。だが、すべて真っ白なピースだと形だけが頼りだ。しかも、完成図がないのでやる気も起きないし、何を作っているのかも分からないので喜びも湧かないだろう。

で、「これ、何の為にやるんですか?」と質問した人はまず宇宙飛行士の選抜から外される。そして、「はい、やめてください」という合図のあと、「ここまでしかできませんでしたけど、合格ですか?　不合格ですか?」と質問する人も落とされる。

どういう人が宇宙飛行士に適しているかというと、時間切れで終わった後、「これ、持って帰っていいですか?　中途半端で終わると気持ちが悪いので、持って帰って完成させたいんです」という人だそうだ。

宇宙船の中は狭い。しかも、4、5人の仲間とずっと一緒に過ごす。だから協調性が求められる。言われたことを素直に受け止め、あまり余計なことは考えず、淡々と、忍耐強く仕事に取り組める人でないといけないというわけである。

しかし、今日ここで言いたいのは宇宙飛行士の適性の話ではない。ジグソーパズルの奥深い話である。


作家の喜多川泰さんは、著書『賢者の書』の中でこんなたとえ話をしている。

ある人がジグソーパズルの1個のピースを手にした。それはシマウマの頭の部分の絵柄だった。次に手にしたピースはシマウマの首の絵柄だった。

「これはここだ!」、喜んでそれを頭のピースの横にはめ込む。ぴったり合うと嬉しいので、またその隣のピースを捜し求める。

ところが次に手にしたのは黒一色のピース。どこの部分なのか全く分からない。

もし、完成図が分かっていれば、そのパズルを完成させるのに必要なピースであることは分かるのだが、完成図のないパズルだったら、それがパズルの一部であることすら分からないので、それを大切に取っておくこともしないかもしれない。

『賢者の書』に登場する主人公の少年は「賢者」からジグソーパズルの話を教えられる。

「大きな絵、つまり大きな夢を思い描く。そしてその夢の実現の為に行動を起こす。行動の結果、手に入るものは失敗でも成功でもない。絵を完成させるために不可欠なピースの一つである」と。

「1個のピース（行動の結果）は、自らの思い描いた絵を完成させるためにどうしても必要なのだ。絵が完成したときに、あのわけの分からなかったピースがどこでどう使われているのかがようやく分かるんだ。あのつらい経験がここに使われることになっていたんだな。あの失敗がなかったら、ここを埋めることができなかったんだな、といった具合に」

　この本、20代のときに出会いたかった。でも今出会えたことで、こうして多くの人に紹介できる。

『賢者の書』、お薦めの一冊である、あなたの人生に。

「本物」に触れ「気」をもらおう

「本物」とは、超一流の技術を持ちながら、かつ、超一流の人間性を兼ね備えた人物とでも言えようか。そんなスポーツ選手は100年に一人生まれるか否かだ、と言われている。

何の話かと言うと、あのイチロー選手の話である。

まず彼の持つ神業的な身体能力について。

『NHKスペシャル』で放映されたこともあるので、ご存知の人も多いと思うが、イチローの身体能力のすごさを世界のプロたちが驚嘆したシーンがある。

所属するシアトル・マリナーズと、ニューヨーク・ヤンキースとの試合。

相手の先発はペティット投手。ワンストライクの後の2球目、ペティットはストレトのフォームで投げた。イチローはそのフォームを見てストレートが来ると読み、ストレートの球を打つ態勢に入った。

ところが、さすが相手は大リーガー。球が手から離れる瞬間、指を少し変化させて、球をカーブに変えてきた。

次の瞬間、ドラマが生まれた。これにイチローが反応したのだ。既にストレートの球を打つ態勢に入っていたイチローは、球種が変わったと察知し、始動していたバットを一旦止めて、最初の位置に戻し、カーブ打ちの態勢に変更して、見事その球をヒットにさせた。その間、わずか0・数秒、まばたきほどの時間だ。

この神業に観客は誰も気が付かない。気付いたのは両チームのプロの選手たち。ヒットを打った宿敵イチローにヤンキースの選手たちまでが拍手喝采をした。イチローの身体能力が神の領域ほどに達していると、大リーガーたちが認めた瞬間だった。


もう一つ。ある試合で、イチローはバントの構えをした。それを見て3塁手が前進。それに対してイチローは構えを元に戻し3塁手の脇を抜く外野ヒットを打った。

試合後のインタビュー。「バントの構えをしていながらヒットを打ちましたが、あれは狙っていたんですか？」という質問に、「あんなこと、狙って出来るわけないじゃないですか」とイチロー。

「ではあれは偶然ですか？」と言うと、「あんなこと、偶然に出来るわけないじゃないですか」

狙ったわけでもなく偶然でもない。彼はそれとは違う、別の領域で闘っている。

2009年、WBCのキャンプで宮崎を訪れたイチローを目の前で見た。イチローを生で見る意義とは何か。彼の持っているものすごい「気」、それに触れ、それをもらう。これに尽きる。

私たちの持っている「気」は時に病んだり、時に消沈したり、時に揺らいだりする。だから「本物」から「気」をもらう。「気」はテレビの中のイチローからは得られない。

どんな仕事をするにしても「本物」に触れたことのある人と、見たことも触れたこともない人の差は歴然としている。

「本物」に触れた人でないと本物志向にはなれないものである。

「本物」を追い求めましょう！

経営の原点は〝飛び込み〟だった

横浜市の市長、林文子さんはその昔、高校を卒業し、普通のOLをしていた。結婚を機に退社。当時の女性のお決まりのコースだった。

ところが31歳のとき、林さんは仕事がしたくなり、「営業マン募集」のチラシを見て、近所の国産車のディーラーに電話をした。社長が出た。

「女性は無理だよ。女性の営業マンなんていないし、そんなにやりたいのなら話だけ聞いてあげるよ」

林さんは言った、「3ヵ月間だけ試しに雇ってください。それでダメでしたらクビにしても結構です」

林さんはトヨタ自動車のトップセールスマンが書いた本を買ってきて読んだ。そこに「1日100軒訪問」と書かれてあった。担当地区を1日100軒訪問することを決意した。

毎日毎日、同じ地区を回るうち、気軽に話ができる主婦に出会った。ある日、彼女が病気で寝ていた。「困ったことはない？」「牛乳がないな」「じゃあ私が買ってきてあげる」

これがきっかけで彼女は御用聞きをするようになった。

「飛び込み訪問はお客様にとっては迷惑な訪問者です。自分が役に立つ人間であることをお客様に感じてもらうことが大事」と林さん。

ある日、牛乳を買ってきてあげた女性から電話があった。「主人の部下が車を買いたがっているわよ」

彼女が夫に林さんのことを話し、その夫が部下に「こんな営業マンがいるよ」と話したのだった。早速営業に行き、初めて車が売れた。

それから10年間、林さんはトップセールスであり続けた。40歳を超えると体調を壊し、勤務時間が柔軟な外車のディーラー、ＢＭＷ東京㈱に転職しようと考えた。電話をするとまた同じことを言われた。

「女性は無理だよ。女性の営業マンなんか雇ったことがないしね」

本社に手紙を書いた。「私を採用すると御社にはメリットが出ます」

当時、ＢＭＷは売れに売れていた。営業時間が終わると男性社員は飲みに行く。

しかし林さんは昼間ショールームに来て自分が担当したお客の家を、夜訪問していた。9時を過ぎると手紙を書いてポストに入れた。しばらくするとショールームに「林さんはいますか？」と名指しでやってくるお客が増えた。

6年目、12支店のうち、売上げ実績が最下位の新宿支店の店長になった。

林さんは社員に「営業がいかに楽しいか」「お客様と出会うことがどんなに楽しいか」を語り続けた。半年で新宿支店は全国トップになった。5年後、新宿支店と最下位を争っていた中央支店の店長に。中央支店は3ヵ月で全国トップになった。

業界では「林マジック」と呼ばれた。「私は手品を使ってどん底にいた社員をトップセールスにしたわけじゃないの。顧客満足の前に従業員満足を提供しただけ」

その後、フォルクスワーゲン東京㈱の社長などを経て、横浜市長に。

きっと変わらぬ姿勢で部下に向き合っていることだろう。それは「あの上司、あの仲間と一緒に仕事がしたい」と思える職場環境づくりに徹していくことだ。

屈辱感は自分を強くするツボ

かつて三船プロダクションの宣伝広報部長として俳優・三船敏郎を担当したプロデューサーの明石渉さんと一緒に飲む機会があった。

三船敏郎（1920〜1997）といえば、長年、黒澤明監督の映画で主演をし、アラン・ドロンやチャールズ・ブロンソンなどのハリウッドスターと共演したこともある日本を代表する超大物俳優だ。

三船敏郎は付き人を持たず、どこに行くにも自分で車を運転した。撮影現場には台本を持って行かない。セリフはすべて頭に叩き込んで来る。ハリウッド映画に出たときは、英語のセリフもちゃんと覚えてくる。英語なんてしゃべれないのに。

若き日の明石さんにとって三船敏郎から学んだことはあまりにも大きかった。

明石さんの口からよく出てくる言葉がある。「人間を極めろ！」「演技力は人間の魅力に勝てない」「頭で考えることは心で感じることに勝てない」

「人間を極めろ！」とは、「人間としてのプロになれ！」ということだ。役者である前に人間としてどうか。あいさつはちゃんとできるか。年上の人を敬っているか。思いやりの心で人と接しているか、人としての道理をわきまえているか。「それが人としての基礎だ。基礎とは鉄骨である。鉄骨が入っていないと、いつか映画やテレビの世界から消える」と明石さん。

黒澤監督が認めた数少ない俳優の一人に仲代達也がいる。

彼がまだ19歳で、俳優座という劇団の研究生だった頃、『七人の侍』という映画の通行人の一人に抜擢された。通行人だから、ただ歩くだけ。時間にしてわずか3秒くらい。だが、仲代達也の歩くシーンに黒澤監督はなかなかOKを出さなかった。

言われた通りに歩いているのに、「その歩き方はなんだ！」と何度も罵声が飛んだ。撮影は朝の9時からスタート。お昼になり、昼食を済ませて再び撮影開始。またもや罵声の連続。3秒間、ただ通行人として歩くだけなのに、OKが出たのは午後3時だった。

俳優の卵とはいえ、仲代達也の自尊心はボロボロだった。このとき、彼は思ったそうだ。「絶対俺は黒澤監督が認める俳優になってやる。そして黒澤監督が出演依頼に来たら絶対断ってやる」

7年後、仲代達也は俳優として名を上げていた。黒澤監督は、「用心棒」という映画で三船敏郎の相手役に仲代達也を選んだ。当然、仲代は断った。7年前の屈辱を忘れていなかった。

見込んだ俳優を絶対に諦めないのも黒澤監督だ。何度も何度も説得した。仲代達也は7年前の屈辱を話した。それでも黒澤監督は言った。「お前じゃないとこの映画はできない」。「世界の黒澤」から認められた瞬間だった。あの屈辱が仲代達也を育てた。

明石さんは俳優養成所で俳優の卵に言う。

「人間は失敗し、挫折するものだ。時には心底屈辱を味わうこともある。人はそんなとき、『もうやめよう』と思うものだ。いいか、自分を強くするツボを持っておけ。たとえば、過去の屈辱。それを思い出し、『コンチクショー』という気持ちから一歩前に進めたら必ず成功する」

明石さんの話は映画界の話だったが、あらゆる仕事に通用する話だった。

「人間を極める」、いつも胸に刻んでいたい言葉と出会った。

誇り（プライド）は自分で自分に与えればいい

98年1月、韓国ソウル市内にある人材情報センターに初老の男性が職を求めて訪れた。同センターの所長は戸惑った。その男性が希望職種の欄に「食堂の従業員」と書いたからだ。

「ご冗談でしょ。ご希望の職種は本当に食堂の従業員なのですか？」

「はい、そうです」

所長を困らせたのは男性の年齢ではなく、前職だった。男性は韓国を代表する財閥の一つ、三美《サンミ》グループの副会長・徐《ソ》相禄《サンノク》さんだった。

前年、三美グループは不渡りを出し、徐さんは引責辞任をした。経営者としての失敗。何万人という従業員とその家族に迷惑を掛けた。贖罪の気持ちでゼロからやり直すと決めた。失業者が職を探すのは当然だ。ならば以前から一度やりたいと思っていたウエイターを希望した。

人材情報センターを出て家路に辿り着くまでのほんの数時間の間に、「三美グルーブの元副会長がウエイターの職を探しているというニュースで大騒ぎになった。友人から電話で「そこまで切羽詰まっているとは知らなかった」と慰められた。70歳の姉は電話口で「あんたがそこまで落ちぶれるなんて……」と泣いた。「お前が落ちぶれるのは勝手だが、俺の顔にまで泥を塗るようなマネはするなよ」と怒る人も。

だが、家族は違った。妻は「あなたは、自分だったら素晴らしいウエイターになれると口癖のように言っていたわよね。自信があるならやってみるべきよ。今までお世話になった分、お世話をする側になれば学ぶことも多いはずよ」

気がかりだったのは結婚が決まっていた息子のことだった。三美グループの副会長ではなく、食堂のウエイターという肩書きで息子の結婚式に出席することになる。

息子は言った。「僕は社会的な偏見を果敢に押し退けて、ご自分がやりたい仕事に挑戦しようとしているお父さんが誇らしいです」

病院の待合室で読んだ週刊誌の書評のページで徐さんの自叙伝『プライド』を知り、すぐに買って読んだ。日本以上に韓国は古臭い権威主義の国である。そんな社会で、財閥の副会長だった男性が60歳にしてゼロから人生をリセットした物語はあまりにもドラマチックだった。中身をもう少し紹介しよう。

就職活動は困難を極めた。どの経営者も自分より経歴の高い徐さんを雇いたくないのだ。徐さんの就職活動には信念があった。「失敗したらゼロからやり直すのは当然だ」「職業に貴賎はないことを証明したい」「自分がやりたい仕事をする」

98年4月、徐さんはロッテホテル35階、レストラン『シェンブルン』でウエイターの仕事を得た。就職して最初に、副会長時代の秘書4人を招待した。正式にお出迎えし、順番に料理を運んだ。恐縮する秘書たちを和ませようと話し掛けた。帰るときにはエレベータまで見送り、30度の角度で頭を下げた。「またのご来店をお待ちしています」という言葉も忘れなかった。

徐さんは言う、「自負心や誇りは誰かに与えられるものではない。自分で自分に与えるものだ。自動車の部品を作っていようが、飲食店で料理を運ぼうが、路上で靴を磨こうが、職場や顧客、そして自分自身のために必要な仕事をしているということに誇りを持てばいい」

この思いを法務省に、国会に……

今西公子さんは半年間に及ぶ産業カウンセラー養成講座で一緒に学んだ仲だった。２人の娘さんは、スイス人の夫とのハーフで、外国人っぽく見えるため、小学校時代はかなりひどいいじめにあった。長女の美由紀さんのときは粘り強く教育委員会と交渉、現住所のまま校区外への転校を勝ち取った。

７歳離れている妹の友里恵さんが小学生になり、同じようにいじめにあったときは姉の美由紀さんが支えた。２人の姉妹の間には本当に深い絆があった。

夫のアルベルトさんは、私立高校で語学の教師をしながら、イタリアの建材を輸入販売する会社を営んでいた。やがて事業が軌道に乗り、関東で事業拡大しようと、一家は22年住み慣れた宮崎を離れ、千葉県に移り住むことにした。大学受験のため東京で浪人生活を送っていた美由紀さんは、家族とまた一緒に住めることを喜んでいた。

２００４年5月26日、「明日、家族がやってくる」、久しぶりの再会を心待ちにして、その夜、美由紀さんは眠りにつこうとしていた。

日付が変わった午前0時過ぎ、宮崎の友達から電話。「あんたの家が燃えてるよ！」

引っ越しの準備も終わり、翌日の午前中に引っ越し業者が荷物を取りに来るだけになっていた矢先の火事だった。

27日の朝、美由紀さんは宮崎に帰郷。お父さんが搬送された病院に向かった。病院でおばあちゃんから衝撃的な言葉を聞いた。「だめだったらしいとよ。友里恵ちゃんとお母さんは……」

以下は、後に裁判所に提出した美由紀さんの陳述書の一部。

「……気がつけば、表へ飛び出して、叫んで、殴って、壁を蹴って、雑草をちぎって、頭がくらくらするぐらいあばれ狂っていた。何で!?　何で!?　何で!?……。もう頭が真っ白で前が見えない。あばれ狂って気が抜けた。……そのとき、ビューっとものすごい風が吹いて、お母さんがいつも使っていたバラの香水の香りがした。もう涙が止まらない。止められない。……」

アルベルトさんは一命を取り留めた。そのことが後に彼を苦しめた。「2人を助けられなかった」「なぜ自分だけ生き残ったのか」、自分を責め続ける日々が続いた。

放火だった。犯人は近所に住む男。アルベルトさんは「死にたい」という気持ちに苛まれる中で死亡診断書や火災証明書など事務手続きのため何度も役所に足を運んだ。仕事も失った。あの日のことを思い出すだけで体の震えが止まらなくなるPTSD（心的外傷後ストレス障害）にも苦しんだ。「生きなきゃ」という気持ちになったのは、犯人に対して「極刑」という裁判長の言葉を聞かなければならないと思ったからだ。

2005年6月30日、宮崎地裁の判決は無期懲役。その瞬間、アルベルトさんは絶叫した。犯人は前科8犯。反省などせずに刑務所を出ては犯罪を繰り返していた。20～30年すればまた社会に出てくる。そしてまた罪のない人が犠牲に……。

アルベルトさんは今、全国をバイクで回りながら、一生刑務所から出られない終身刑の創設を求める署名活動を行っている。集めた署名はこの5年で10万人分を超えた。「自分が生き残ったのはこのためだ」と彼は言う。

今年4月に出版した著書『生きてこそ』では、犯罪被害者のすさまじい心情を吐露している。お薦めの1冊だ。

人生は演劇のカーテンコール

多くの人が脳裏に焼き付けている98年の長野五輪・スキージャンプ団体の金メダル。その舞台裏であんなことが起きていたなんて……。先日、ＮＨＫの『スポーツ大陸』を観て、そう思った。

2回目、最後のジャンパー船木選手を見上げながら、「ふなきい～」と祈りにも似た原田選手の言葉。そして、金メダル間違いなしの土壇場で原田選手の失速によりまさかの「銀」に泣いたその前のリレハンメル五輪。この二つのシーンは繰り返し繰り返し放映されたので誰もが知るところである。

しかし、その裏にはもっと深いドラマがあった。今回、ＮＨＫが取り上げなかったら誰も知ることはなかっただろう。

長野五輪の団体ジャンプ。1回目を終えたとき、日本チームは1位から4位に順位を落とした。リレハンメル五輪同様、またしても原田選手の失速が原因だった。何とか2回目で挽回したい。

ところが、1回目が終わった時点で猛吹雪となり、競技の続行が危ぶまれた。審判団が続行不可能と判断すれば1回目の成績で順位が決まってしまう。

判断は、25人のテストジャンパーに委ねられた。実は、ジャンプ競技には、選手の先に飛んで地ならしをするためにテストジャンパーと呼ばれる人たちがいる。長野五輪のテストジャンパー23人の中に西方仁也さんもいた。彼はリレハンメル五輪のときの日本代表選手で、原田選手らとチームを組んでいた。

リレハンメルのとき、西方さんは130メートルを超える大ジャンプをしてチームを1位に押し上げ、最後のジャンパー原田選手につなげた。ところが原田選手の失速で、チームは「金」を掴めなかった。

あの屈辱をバネに長野を目指したが、西方さんは代表選考から外され、結局、長野ではテストジャンパーに回された。

用意された民宿は6畳一間にこたつがあるだけ。その殺風景な部屋が悔しさをさらに積もらせた。

そしてあの猛吹雪。もしテストジャンパー23人がちゃんと事故もなく、ケガもなく飛べたら競技は続行される。

テストジャンパーたちは、自分たちのジャンプが日本チームに金メダルのチャンスをもたらすと知り、熱くなった。絶対に転ばずに、しかも飛距離を出さなければならない。特に25人の中でオリンピック経験者は西方さんだけ。彼が選手並みに飛距離を伸ばすことができたら、審判団は競技続行を決断する。

積もった雪で滑りにくいレーン。吹雪で見えにくい視界。そんな命懸けのテスト飛行で西方さんは１２０メートルを超える大ジャンプをした。拍手もなく、喝采もなかった。

しかし、そのジャンプにより競技は続行され、原田選手は１３７メートルの大ジャンプ。そして最後４人目の船木選手を見上げる「ふなきぃ〜」のシーンにつながった。

人生はまるで演劇のようだ。舞台の上では主役と脇役、ヒーローと悪役、それぞれ「役」が決まっている。だが終わってカーテンコールになると、全員が一列に並んで観客に笑顔で手を振ってくれる。私たちに勇気と感動を与えてくれたのは主役（勝者）だけじゃないことを見せてくれる一番ステキなシーンだ。

「みんなで取った金メダルです」と言った原田選手の言葉の意味が、12年経って初めて分かった。

心残りはもうありませんか

以前、ＮＨＫに『夜は胸きゅん』という番組があった。視聴者から寄せられた「ちょっといい話」をドラマ仕立てで紹介する15分間の小さな番組だ。

その日のタイトルは「車内コンサート」だった。物語は、福岡から上京して一人暮らしをしている学生さんが目撃した、電車の中でのエピソードだ。

ある駅で、一目で結婚式の帰りと分かる礼服姿の老夫婦が乗車してきた。空いている席に座って、２人で「今日の○○ちゃんは可愛かったなぁ」と関西なまりで話していた。おじいさんには何か心残りがありそうな雰囲気が漂っていた。

しばらくするとおじいさんはおもむろに立ち上がり、車内にいる乗客に向かってしゃべりだした。

「皆さん、ちょっと話を聞いてくれませんか。今日は姪の結婚式でした。小さい頃はやんちゃな子でね、でも今日はほんまにきれいやった。実は私らには子どもがおまへんのや。だからなおさら可愛くてねぇ…」

「実は、その披露宴で、私、歌うことになっていたのに、挨拶やら祝辞が長くて、私の出番がカットされましてねえ。それで今日歌うはずだった歌をここで歌わせていただけないでしょうか」

乗客はシーンとしていた。「では、反対の声もないようなので……」と言った後、『瀬戸の花嫁』を歌い出した。みんな知らん顔していた。

歌い終わるとおじいさんは、「ありがとうございました。このご恩は一生忘れません」とお礼を言った。それはもう満足そうな顔になっていた。

ふとおじいさんは電車の外を見て叫んだ。「ありゃ、歌に酔っていて降りる駅を通り過ごしてしもうたわ」

その瞬間、乗客の一人が吹き出した。続いて乗客が一斉に声を出して笑い出した。「すんません。次の駅までもうちょっと時間があるので、もう1曲歌ってもいいですか?」と言うと、車両の中は乗客の温かい拍手で沸いた。

『国境の町』という歌だった。みんなが手拍子を始めた。車内はおじいさんの歌声と手拍子が響き渡った。次の駅に着いた。老夫婦が乗客のみんなに頭を下げて降りようとすると、みんなが拍手をして老夫婦を送り出した。ホームに立ったおじいさんは、奥さんに言った。

「おい、皆さんのご多幸をお祈りして万歳三唱をするぞ」。２人は動き出した車両に向かって万歳を三唱した。

それから不思議なことが起きた、それまで帰宅を急ぐ見ず知らずの人たちを乗せた沈黙の車両だったのに、まるでみんなが友だちのように、隣同士、さっきの老夫婦の話題で花が咲いたのだ。

「それは、その日に歌わなかったら、取り返しのつかない歌だったのだろう」と学生さんは手紙に書いていた。

皆さんにはないですか？　たとえばどうしてもこれだけはやっておかないと取り返しがつかなくなる、そんな心残りのことは。

第Ⅱ部

日本一心を揺るがす新聞の社説2

大丈夫！未来はある！　我々は大災害を越えていける

「壊滅の街　眼前の悪夢」「事故の連鎖底なし」「放射線　不安な住民」
かつて見たこともない大きな見出しで、不安、絶望、恐怖、寒さ、無力感、悲嘆に明け暮れる絶望的な被災現場の様子を伝える新聞各紙。

そんなとき、ネット上に流れた1枚の写真に胸が熱くなった。自衛隊員が抱える赤ちゃんの写真。地震から3日が経っていたのに生後4ヵ月の赤ちゃんは瓦礫の下で泣き声を上げて自分の居場所を知らせていたそうだ。

さらに、東京に住む友人のしもやんこと、下川浩二さんからメールが届いた。誰かが見かけた光景をメールやツイッターで発信したものをまとめたもの。どんな新聞・テレビの情報より元気をくれた。

「ディズニーランドでは、ショップのお菓子などが配給された。その時、ちょっと派手な女子高生たちが必要以上にたくさんもらってて、一瞬、『何だ！』と思った。けど、その女の子たちが避難所の子どもたちにお菓子を配っていたところを見て感動した。子ども連れは動けない状況だったから、本当にありがたいと思った」

「一回の青信号で一台しか前に進めないなんてザラだったけど、誰もが譲り合い、穏やかに運転している。……10時間の間、お礼以外のクラクションの音を耳にしなかった。恐怖と同時に心温まる時間で、日本がますます好きになった」

「夜中、大学から徒歩で帰宅する道すがら、とっくに閉店したパン屋のおばちゃんが無料でパンを配給していた。こんな喧騒の中でも自分にできることを見つけて実践している人に感動し、心が温まった。東京も捨てたもんじゃないな」

「韓国の友達からのメールです。『世界唯一の核被爆国。大戦にも負けた。毎年台風が来る。地震だって来る。津波も来る。小さい島国だけど、それでも、そのたび、立ちあがってきたのが日本なんじゃないの！　頑張れ！　超頑張れ！』。ちなみに僕はいま泣いている」

「4時間の道のりを歩いて帰るときに、『トイレのご利用どうぞ！』と書いたスケッチブックを持って自宅のお手洗いを開放してた女性がいた。日本って、やっぱり世界一温かい国だよね。あれ見たときは感動して泣けてきた」

「避難所で、4人家族なのに『分け合って食べます』と3つしかおにぎりをもらわない人を見た。凍えるほど寒いのに、毛布を譲り合う人を見た。きちんと一列に並んで、順番を守って物資を受け取る姿に、日本人の誇りを見た」

「停電すると、それを直す人がいて、断水すると、それを直す人がいて、原発で事故が起きると、それを直しに行く人がいる。勝手に復旧してるわけじゃない。俺らが室内でマダカナ～とか言ってる間、くそ寒い中、死ぬ気で頑張ってる人がいるんだ！」

「父が明日、福島原発の応援に派遣されます。半年後定年を迎える父が自ら志願したと聞き、涙が出そうになりました。『今の対応次第で原発の未来が変わる。使命感を持っていく』と。家では頼りなく感じる父ですが、今日ほど誇りに思ったことはありません」

「避難所で、おじいさんが『これからどうなるんだろう？』と漏らした時、隣にいた高校生の男の子が『大丈夫！　大人になったら僕らが絶対に元に戻しますから！』って背中をさすりながら言ってた。大丈夫！　未来はある！」

みんな気持ちは同じだ。我々はきっと大災害を越えていける。そしてこの国はもっといい国になる。

水谷もりひと

２０１１年４月

4の章

希望
生き方
志

短期・中期・長期的にできること

東日本大震災から2週間経った3月26日。お昼過ぎに約80人の若者が佐賀市文化会館に集まっていた。呼びかけたのは㈱クロフネ・カンパニーの中村文昭さん。その日の夜は1000人規模のチャリティ講演会をやるという。1週間前に決まったことで、この数日中に同様のイベントを全国各地で開催するそうだ。

昼間は、約80人が6つのグループに分かれ、「今できること」「中期的な支援」「長期的な支援」という三つの視点からアイデアを出せるだけ出すというグループワークを行った。

たとえば、今回被災地となった地域は日本有数の米所。農家の人は土地も仕事も失った。しかし、彼らには技術がある。それで、全国各地の休耕地を提供して、家族ごと受け入れ、米作りをしてもらう。彼らが作った米を「東北支援米」として地元・東北に送る。これは長期的な支援策だ。

中期的支援としては、これから被災地では瓦礫の片付けや家の中の汚泥除去など、数十万人規模の人手が必要となる。そこで大型バスをチャーターして全国各地から現地にボランティアを輸送するという案。寝泊まりはバスの中だ。

今できることは、「自粛を自粛しよう」という案。お花見や新入社員歓迎会のシーズンだが、「この時期に飲み会をするのはいかがなものか」と自粛する動きがある。それに対して、「しっかりと普通に経済活動しましょう。経済活動が低迷している東日本を西日本が支えましょう」と訴えていた人がいた。

それから被災地で活動しているＮＰＯの後方支援。その日のチャリティ講演会では義援金箱とは別にもう一つ、「支援金箱」が置かれた。これは被災者ではなく、被災地で活動するＮＰＯを支援するための募金となる。

津波の直後に現地入りして救援活動を始めたてんつくマンという男が結成した「め組ジャパン」は、石巻市の湊小学校の卒業式を手伝った。最初はとても卒業式などできる状況ではなかったそうだ。しかし、避難所の「子どもたちにエールを送ろう」という声で実現した。当初、どこでやるか困った。体育館はめちゃくちゃで使えない。教室は避難所になっている。図工室には津波で押し流されてきた車と汚泥が……。

そこで自衛隊、め組ジャパンのボランティア、保護者らが力を合わせて、図工室にあった車を外に出し、汚泥を洗い流し、窓を拭き、飾り付けをした。

校長先生から手渡された卒業証書は17日間水の中にあった。金庫の中に入れてあったため、ほとんど綺麗な状態だったそうだ。

校長先生は卒業生にこんなメッセージを贈った。

「夢であってほしいと願っている人がたくさんいます。でも現実は現実です。変えることは出来ません。変えることが出来るのは、皆さんの未来。生きていれば出来ることはたくさんあります。ここから出発です。ここからがスタートという気持ちを持ってください。こんな人間になりたいという夢を持ち、努力を続けていってください」

校庭には自衛隊や避難している人たち数百人が待ち構えていてアーチを作り、30人の卒業生はその中を歩いた。

現場にいたてんつくマンはブログにこう書いていた。

「涙が止まりませんでした」

そうじは「ただのそうじ」で終わらない

トイレそうじの歌が大ヒットした。新しい時代には新しい風が吹くものだが、まさかこの時代に「トイレそうじ」が新しい風になろうとは、誰が予想しただろう。その歌は、「トイレそうじをすると綺麗になるんやで」という。どうもそうじというものは、「ただのそうじ」で終わらない何かがあるらしい。

コラムニストの志賀内泰弘さんの著者『なぜ「そうじ」をすると人生が変わるのか？』は、ガスの配管工事やガス器具の営業をやっている山村圭介という青年が、苦手だったそうじをするようになって彼自身が成長し、また他の社員たちも変わり、さらには会社の業績まで上がっていくという、実話に基づいた小説である。

圭介が責任を任された部署の作業場はいつも散らかっていて、それをしょっちゅう社長から注意されていた。

ある日、圭介は出社する途中、公園で一人の老人がゴミ拾いをしている光景に違和感を感じて目が留まる。その老人が外国製のスーツをパリッと着こなしていたからだ。翌日、圭介は老人に声を掛ける。「地域のボランティアのように見えませんが、なぜ毎日ゴミ拾いをしているんですか？」

老人の答えは、「そうじをすると得をする」だった。「どんな得ですか？」とさらに突っ込みを入れると、老人はただ一言、「ゴミを拾った人だけがわかること」と言うだけ。そこから圭介と老人との師弟関係のような交流が始まっていく。

あるとき老人は圭介にこんな話をした。「ゴミを一つ捨てると大切な何かを一つ捨てている。ゴミを一つ拾うと大切な何かを一つ拾っている」

そんな言葉に刺激されて、圭介は会社のそうじをするようになった。最初は一人でやっていたが、だんだん他の社員たちもつられてそうじをするようになった。そのうち「そうじをしてキレイな1日を過ごしてしまうと、そうじをしないでいるのが気持ち悪い」と感じるようになった。

ある日、会社で使うコピー用紙の量や、毎月買っていたゴミ袋が半減したことに気づいた。圭介は思った。「最初はただそうじをしていただけだったのに……」

そうじが習慣になると、汚れているところに気づくようになる。その「気づき」は日頃の仕事にも生かされてきた。お客様に気配りができるようになり、社員一人ひとりがいい仕事をするようになった。結果的に業績が上がっていった。

易学の研究家である辻中公さんが幼児向けに作った「魔法の日めくりメッセージ」にもこんなことが書かれてある。

たとえば、「お片付け」。「部屋の乱れは心の乱れにつながります。片付けることで空間が整い、心も整理できるので良いエネルギーが部屋に充満します。部屋を片付けると心が落ち着き、物事がうまくいきますよ」

それから「ゴミを拾う」。「人の役に立つことを、誰も見ていなくても勇気を持って恥ずかしがらずに堂々と行動に移す。自分の意思を貫く。ゴミ拾いが習慣づくことによって自尊心が芽生え、自分に自信が持て、何でもやってみようと挑戦できるようになりますよ。親子でまず出来ることからやってみましょう」

やっぱり、汚れているところをキレイにする行為には、ただのそうじで終わらない何かがあるようだ。

人はなぜ挫折を経験するのか

つらかったこと、悲しかったこと、惨めだったこと、そういう過去が、ずっと後になって振り返ったとき、大笑いの思い出としてよみがえることがある。

海援隊のコンサートで、武田鉄矢さんがそんな過去を話していた。今までで一番やりにくかったコンサートは、とある特別養護老人ホームでの慰問コンサートだった。後ろのほうは比較的元気なお年寄りだったが、前のほうはただぼーっと座っているお年寄りばかり。

最前列には4台のベッドが置かれ、その中に寝たきりのお年寄りがいた。4人とも目を閉じて動かない。まるで四体の遺体の前で歌っているような感じで、何ともやりづらかったそうだ。

2、3曲歌った後、ベッドに寝ていた一人のお年寄りの目が開いた。首を90度に起こし、武田さんのほうを向いて、一言、かぼそい声でこう言ったという。

「ちょっと静かにしてください」

一番悲しかったのは、12月の猛吹雪の夜に行われた東北地方の、とある町でのコンサート。2000人収容の大ホールに観客は高校生くらいの若者たち15人だけだった。みんな気まずい顔をして座っていた。それでも15人は最前列に座り、手をつないで聴いていた。武田さん、胸が締め付けられた。

「寒いよなあ。そうやって手をつないで温まっているんだろう?」と声を掛けたら、「いえ、さっき途中で帰りそうな奴がいたので帰らないように手を握っているんです」

コンサートが終了するや否や、海援隊の3人は15人にお礼を言おうと、ステージを降りて出口まで走り、彼らを見送った。一人が振り向いて東北弁で言った。

「武田さん、俺、今夜のことは学校に行っても誰にも話しませんから」

海援隊も人気絶頂の頃は、コンサートをやれば1万人、2万人の観客が入ったそうだ。「でもね、あの頃、大儲けしていたのに、僕らは幸せじゃなかったんですよ。むしろ苦しかったですね」と武田さん。3人の仲が一番悪かったのは人気絶頂期の頃だった。楽屋に戻っても話すこともなく、ブスッとしていた。いい思い出は何もなかったという。

「売れなくなってから僕らはメシを分け合っていましたね。振り返ると、いい思い出はお客さんが入らなかったコンサート、お客さんが入ってもウケなかったコンサート、とってもやりづらかったコンサートばかりです」と苦笑した。

浮き沈みは芸能界の常である。いや、誰の人生にも調子のいいときもあれば、努力してもなかなかいい結果が出ない時期もある。むしろそういうことのほうが多い。だからこそ我々は、武田さんのつらい思い出話を聞いて一緒に笑えるのだと思う。

セラピストの石井裕之さんがこんな話をしている。少しくらいのリフォームだったら家の一部を改築するだけで済むけど、2階建てを3階建てにしようと思ったら、一度全部壊して建て直さないといけない。2階建ては2階建ての耐震構造でしかないから、そのまま3階建てにすると大きな地震が来たとき、崩れてしまうというのだ。

人間も、イメージチェンジするくらいなら髪型や洋服を変えるだけでいいが、人間として一回り大きくなるときは、それまでの経験が全否定されるほどに挫折する。それは、より大きな試練にも耐え得る「3階建て」の構造に根本から造り直さなければならないからだ。

「フォークソング狂いのバカ息子」だった武田さんが、NHKの大河ドラマで「勝海舟」を演じられるだけの大物俳優になれたのも、あの過去を笑って語れるようになれたからだろう。挫折や苦悩は更なる成長の為にあるんだなぁ。

就活は友だちづくりと同じや

新聞に「今年の就職率、過去最低を記録」という見出しが躍っていた。「どんな仕事がしたいか」よりも、「とにかく内定をもらえる企業があればラッキー」という状況だという。

先週、勤務する短大で今年度最後の授業をした。19歳、1年生。もう既に会社訪問に動き出している。いろいろ考えた末、喜多川泰著『手紙屋』を紹介した。

この本の主人公は、就職活動に出遅れて悶々とした日々を送っている大学4年生。彼は、ある日偶然見つけた街角の書斎カフェに入った。そこにあるのはテーブルではなく机。勉強したり、本を読むための一人専用のスペースになっている。

その日、机に座ると一枚のチラシが目に飛び込んできた。「手紙屋です。あなたの人生のお手伝いをします。私に手紙を書いてみませんか？」と書かれてあった。10回、手紙のやり取りをするビジネスだという。「手紙屋さんのお陰で私は人生が好転しました」みたいな有名人の体験談も紹介されていた。

半分疑いながらも、半分のワクワク感に背中を押され、手紙を出した。手紙には就職活動でぶつかっている心の壁を思いのまま書き綴った。

「手紙屋」からの返信には、二十歳を過ぎたばかりの若者には考えもしないことが毎回書かれていた。最初の手紙には、「働くとは物々交換です」とあった。「物々交換とは、相手が持っているものの中で自分が欲するものと、自分が持っているものの中で相手が欲するものとを、お互いがちょうどいいと思う量で交換すること」だと。

3通目の返信はこんな内容だった。ほとんどの職場では入社して最初の数年間はどんな人も給料は同じ。同じミスを繰り返す人も、適当にやっている人も、終わらなかった仕事を家に持って帰ってやる人も。やがて「自分の給料の分だけ働く人」と、「自分の給料プラス他の人の分まで働く人」、すなわち「お金で仕事をする人」と「心で仕事をする人」に分かれていく。

「会社が荒波に飲まれそうになったとき、会社が必要とする人は、給料の為だけに働く人でなく、割に合わなくても問題にせず、仕事そのものを楽しみながら会社の為に働く人です。そういう社員になれば、会社はあなたのことを大事にするでしょう」

その後、彼は手ごたえのあった大手自動車メーカーから最終的に内定が貰えず、落ち込んで4通目の手紙を書いた。返事が来た。「今のあなたは、成功の人生を送るうえでどうしても必要な経験を集めているだけ」という言葉に目からウロコが落ちた。

今成功している人と、10年前の自分と何も変わらない人生を送っている人では何が違うのか。それは失敗の数、挫折の数、流した涙の量が違うという。何も挑戦しなければ何も変わらない日々を送るだけだ。しかし、今起きている不幸なことが実はチャンスの種なのかもしれない。それは今は分からない、と。

喜多川さんは10通の手紙を通して、今目の前のことしか見えていない若者たちに仕事の奥深さを教えてくれる。

「就活」とは友だちづくりと同じ。相手がお金持ちで、付き合っていると得をするから友だちになるのではなく、考え方に共感したり、一緒にいて楽しいから友だちになるのと同じように、資本金や会社の知名度で就職先を選ぶのではなく、その会社の考え方や、何を目指しているのかに共鳴できる会社に出会うことが大事なのだ、と。

仕事着姿が一番かっこよかった

以前、成人式の会場でステージに上がって暴れたり、会場の外で酒を飲んだり、式の間中ずっとおしゃべりをしている新成人が大きな社会問題になった。そこで宮崎市は数年前から会場を新成人の出身中学校に変え、さらに地域の人たちによる手作りの成人式にしようということになった。

1月9日、地元の中学校に行ってきた。やっぱり成人式らしく女の子たちの着物姿は豪華絢爛、男の子も原色の派手な紋付袴を着たり、スーツ姿の子らも奇抜なヘアスタイルをバッチリ決めていた。中学校単位で行うようになってから暴れる子もいなくなり、今年も滞りなく執り行われたようだ。

後日、スタッフとして関わった人たちとお話する機会があった。

「後ろから見ていた分には素晴らしい成人式だった」と言う。この「素晴らしい」というのは「何もトラブルが起きなくてよかった」という意味だ。

「でも前から見ていると、それはそれは話を聴く態度がとてもひどかった。特に男の子は」という話が出てきた。

なるほど、昨今は酒を飲んだり、暴れたりする「反社会的」な新成人は少なくなったが、人の話をふんぞり返って聴いていたり、式の間中、ずっとおしゃべりしている「非社会的」な光景が目立つようになった。集団の中にいると、「自分一人くらいは……」と軽い気持ちでつい隣の人とおしゃべりしてしまうことがある。しかし、みんなが同じ行動を取ると、結果的に会場は騒がしくなる。

また、イスにふんぞり返って座るのはその子にとっては普通のことなのかもしれない。だからその態度が厳粛な式典の雰囲気を壊していることに全く気が付いていないのだ。

小学校に上がった頃から、子どもは集団生活の中で少しずつ「社会性」を獲得していく。それを私たちは「成長」と呼んだ。学年が一つ上がるということは、大人への階段を上がることに等しかった。20歳になる頃には最低限の常識や社会性が身に付いているはずということで、この国は彼らに「大人」としての特権をいろいろ与えることにした。

ところが、高度経済成長と、その後のバブル経済の時代、私たちはあまりにも忙しくて、先人たちが当然のようにやってきた「子どもを大人にするという宿題」

を忘れてきたように思う。それが今「非社会的」な子どもたちの大量発生に見て取れる。

もちろん、ちゃんと「宿題」をやってきた大人たちもいる。いい話も聞いた。会場にクロネコヤマトの仕事着の若者が入ってきた。1日休むとトラック1台分の荷物の配達が1日遅れる。人手も足りず、仕事を休むことができなかったということで、彼は配達の途中で式典の会場に立ち寄ったとのことだった。

受付の人が「住所を書いてください。最後に記念写真を撮って送りますから」と言うと、「いやぁ、この格好だから記念写真は結構です」と断った。そのとき、受付の女性が言った。「何言ってるのよ！　あなたが一番かっこいいですよ」よくぞ言ってくれたと思う。そして、「あの子は聴く姿勢もよかったですよ」と話していた。

出来上がってきた記念写真を見た。

左端に写っていた緑色のジャンパー姿の若者が、誰よりも誰よりもかっこよかった。

人や組織の賞味期限を延ばせ

「時代は変わった。なのに古い人たちが旧来の手法で物事に当たっている。この国はなまじ古いルールでうまくいってしまったがために、古い人たちが変われないという状況に陥っている。早くゲームのルールや競争のルールが変わったということに気が付かなければいけないんです。物事には何でも『賞味期限』があるからです」

こう語っていたのは、明石家さんまや島田紳助など、大物お笑いタレントを世に輩出している吉本興業の元常務取締役・木村政雄さん。この「常識は賞味期限付きの価値観だ」という発想は面白かった。

「常識」というのは世の中の規範のように考えられているが、決して普遍的なものではない。その時代その時代の為政者や有識者、マスコミ、あるいは大衆が作り出しているものに過ぎない。だから賞味期限がある。

木村さんが言うには、人間の賞味期限は、新しいことに挑戦しようとする意欲がなくなる時だそうだ。「それは俺がやることではない」「前例がないからできない」「うちの社風になじまない」、そんなことを言い出したら、その人はそろそろ賞味期限が来ているなあと思っていい。

吉本興業に島田紳助というタレントがいる。80年代の漫才ブームに乗って「紳助・竜介」というコンビで売れていた。ところが、漫才ブームも下火になり、「ツッパリ」を売りにしていた島田紳助にも賞味期限が来ていた。その頃、大阪・朝日放送から吉本興業に『サンデープロジェクト』の司会の仕事が舞い込んできた。テレビ局側は、桂三枝か桂文珍を指名してきたが、木村さんはその仕事を島田紳助にぶつけた。

『サンデープロジェクト』は、政治経済や社会問題に焦点を当て、評論家や学者が討論する番組。番組開始直前になって島田紳助は大阪から失踪した。東京のマンションに引きこもってしまい、「自信がない。出来ません」と言ってきた。木村さんは説得した。「誰もお前が立派なことを言うなんて期待してない。視聴者と同じ目線で語ったらいいんだ」

番組が始まって15年。島田紳助はすっかり知性派お笑いタレントとしてその地位を不動のものにしている。「リスクはあったが今までとは違うスキルを開発したことで彼の賞味期限が延びた」と木村さんは言う。

組織にも賞味期限があるそうだ。一時期、吉本新喜劇の観客数が減り始めたことがあった。木村さん自身が客席から観てみると、確かに面白くない。長年やっているとベテランと若手との間に階層ができ、新しいことをやろうとする若手に対して、ベテランがそれを認めず、自分のやりやすい芝居にしていた。

木村さんは一旦劇団員を全員解雇した。そして一人ひとりに、「これからはベテランも若手もない。ベテランでも『通行人A』になることもある。それでもやるか?」と聞いていった。「それでもやります。芝居が好きなんです」と言ったチャーリー浜、池乃めだか、桑原和男という現在の吉本新喜劇を支えている役者たちが残った。後に藤井隆や山田花子といった異色のスターが生まれる土壌ができたのもこの時の改革にある。

「組織の中ではベテランの能力が、ある日突然陳腐化していくという現象が起きる。だから『今まで何をやったか』ではなく『これから何がやれるか』ということで人の価値が量られる時代なんです」

お笑い番組を観て笑っているだけの人間と、「お笑い」を創り出す人とは、こんなにも違うものなのかと、唸った。

その傷が素晴らしい人生になる

「傷だらけの人生を送りましょう」なんて話を経営戦略家のジェームス・スキナーさんは話していた。面白い発想だなぁと思って、早速パクることにした。中学校の体育大会、開会式でのPTA会長あいさつで使わせてもらった。

「今日一日、ケガのないように十分気をつけて頑張って下さい、と昨年はお話ししましたが、今年は違います。ケガの一つや二つなど恐れずに、骨の一本や二本折れても大したことはありません。修復可能なケガはたくさんしましょう。傷だらけの中学生活というのもまた素晴らしい思い出になるでしょう」

「なんてひどいことを……」と保護者からクレームが出るかもしれないので、「それくらいの緊張感をもって競技に臨むと、逆にケガをしないものです」という一言も最後に付け加えておいた。

スキナーさんは、日本の社長さんたちを対象に、以前「経営者セミナー」を主催していた。平和な日本で仕事に追われている社長たちを、あるときはロシアに連れて行った。

ツアーの途中、彼らの乗った観光バスが街はずれに差し掛かると、数台のロシア軍のトラックが猛スピードでやってきて、銃を発砲しながらバスを制止した。十数人のロシア軍兵士がバスに乗り込んできた。銃を向け、全員に「降りろ！」と指示。手を縛られて、軍のトラックの荷台に乗せられ連行された。日本の社長さんたち、全員血の気が引いた。

到着したのはロシア軍のキャンプ。トラックから降ろされ、処刑のときのように膝をつき、一列に並ばされた彼らに銃が向けられた。そこに総司令官らしき男が出てきて一言、「うちのキャンプへようこそ！」とネタばらし。


スペインに「牛追い祭り」という、かなり危険な祭りがある。日本の旅行会社が企画するのはそれを見学するツアーだが、スキナーさんは「参加ツアー」を企画する。「ケガをしたらどうするんですか？」と質問されると、「大丈夫、すぐ病院に連れていきます」と答える。

スキナーさんの言う「傷だらけの人生を」というのは、「事なかれ主義なんてつまらない。傍観者の人生にサヨナラを」ということである。

最近は心が傷つくのが怖くて恋愛をしようとしない若者が多いそうだ。でも、「あのとき、自分はすべてを失って死のうと思ったけど、そこから立ち上がってまた恋をしたんだ」、そんな人生のほうが味がある、とスキナーさん。

テレビや本の情報ばかりに頼っていると、どこか感覚が傍観者的になってしまう。だからといって事故やトラブルを歓迎するわけではないが、たとえそんな事態に遭遇したとしても、素晴らしい人生に塗り替えることができるという話である。

年を取ったとき、孫からこう聞かれることがあるかもしれない。「おじいちゃんの人生はどうだったの？」。そしたら背中の傷を見せ、「この傷はな、あのときの……」って語れる。「おじいちゃんはこうやって生きてきたんだ」と。

その逆はどうか。「おじいちゃんの人生はどうだったの？」「うん、別に何もなかったよ」「ふーん、つまんないね」

ま、何もないのも幸せの一つの形とは思うけど、あえて自分の可能性を信じて、挑戦的な人生を送ってみるほうが後生に語れるものを残せるというものだ。

台詞が私たちに語り掛けてくる

ドラマの見方はいろいろある。たとえば、2010年の大河ドラマ『龍馬伝』。龍馬役の福山雅治が観たくて観た人もいれば、「坂本龍馬」という人物像を知りたくて観た人もいる。歴史モノということで観ていた人もいるだろう。もう一つ、ドラマを観るときにチェックしたいものがある。それは台詞だ。

大河ドラマは、一応史実に基づいて制作されているが、登場人物の台詞はあくまでも脚本家が想像で書いたものだ。ドラマや映画の成功のカギは、役者の個性や演技力、それを引き立てる監督や演出家にかかっているが、実はそれ以上に彼らに決定的な影響力を持っているのが脚本である。だから、脚本家は「自分の作品」と言ってはばからない。脚本家が書く台詞の中に脚本家自身のメッセージが込められているからだ。

NHKの連続テレビ小説『あぐり』（1997年）の脚本を担当した清水有生

さんは、その156話あるドラマの中で何万という台詞を書いた。だが、彼がそのドラマの中で言いたかったのは、たった一つの台詞だったそうだ。

90年代後半といえば、バブル経済崩壊から数年経ち、あちこちでその影響が出ていた時代だ。それまで、親が幼子に向かって「転ばないようにね」と言い聞かせていたように、右肩上がりの成長を経験してきた日本人は「転ぶこと」を恐れていた。「受験に失敗」とか「売上げが下がった」ということは、人生につまづいて転んでしまうことであり、それは「ダメ」のレッテルを貼られるのに等しいものだった。

そんな時代に、清水さんは『あぐり』を書いていた。主人公・望月あぐりが念願の美容院を建設するために貯めていたお金を、道楽者の夫が使い込んでしまい、落ち込んでいたシーンがある。清水さんは、あぐりのお母さん役である松原智恵子の台詞に、自分の思いを込めた。母親があぐりを慰め、励ます台詞だ。

「誰だって転ぶわよ。大切なことは誰のせいで転んだとか、そういうことを言うんじゃなくて、転んだら転んだまま大空を見なさい。そして深呼吸をするの。それから、これからどうするかを考えればいいのよ。起き上がるのは一番最後でいいのよ」

転ぶことは失敗じゃない。時には転んだままゆっくり考えればいい。子どもも、大人も、社会も、もっと考える時間があったらいい、と清水さんは当時の日本社会に言いたかったそうだ。

さて、『龍馬伝』。ペリーの黒船に乗り込もうとする吉田松陰を、桂小五郎が「密航が見つかれば死罪です。もしアメリカに渡れたとしても二度と日本には戻って来られません」と制止する。それに対し、脚本家・福田靖さんは吉田松陰演じる生瀬勝久にこう言わせた。

「それが何じゃ。そりゃ失敗するかもしれん。黒船に行きつく前に捕えられるかもしれん。アメリカ人に乗船を拒まれるかもしれん。それでもええんじゃ。何もせんでおるより、そのほうが何千倍、何万倍も値打ちがある。僕は死など何も怖くない。そげなことより行きたいっちゅう気持ちのほうが遥かに強いんじゃ。桂くん、君も異国に興味があるのに、君はなぜそのようにせん？　なぜじゃ？　殺されるからか？　日本に帰れんからか？　別れがつらいからか？　そんなものはな、すべて言い訳じゃ。見ろっ、僕には言い訳など何もない。どんな運命が待っていようと後悔せん。僕が今やるべきことは黒船に乗り込んでアメリカへ行くことじゃ！」

吉田松陰の台詞を通して、「百年に一度の不景気」を言い訳にして新しいことに挑戦しようとしない若者や中高年に、こう訴え掛けてくるように聞こえる。

「不景気だから仕事がないだと？　それが何じゃ。そんなものは言い訳じゃ。なかったら自分で創り出さんかい！」と。

ワクワクしながらツキと運を引き寄せよう

よくいいことがあると、「今日は運がいい」とか「今日はツイてる」と言う。この「運とツキ」について、世の中には4種類の人間がいるそうだ。

①努力家で、ツキと運のある人。たとえば、丁稚奉公から一代で「世界の松下電器」を創り上げた松下幸之助さん。学歴もお金もなかったが、出会った人を大切にした。そのことがツキと運を引き寄せた。

②努力家だがツキも運もない人。仕事は一生懸命やっているのに、愚痴や不満や不平や人の悪口をつい口にしてしまう人だ。自分の吐いた言葉はそのまま脳にインプットされる。インプットされた情報に基づいて脳は体に行動を命じるので、愚痴や不平や不満の人生から脱却できない。

③怠け者なのにツキと運のある人。自分の好きなことだけやって、嫌なことはやらない人。こんな生き方をしていても不思議と仕事で成功している人がたまに

いる。

④怠け者でツキも運もない人。かなり悲劇的な人生を歩んでいる人である。本当は自らそういう人生を選んでいるのに、そのことに気が付いていない。①の人と比べてみるとよく分かる。

成績のいい営業マンは十分な成績を出しているのだから、少しくらいさぼってもいいのに、営業に出るとワクワクするもんだから益々頑張ってさらに実績を出す。一方、成績の悪い営業マンは、成績が悪いのだから人一倍頑張らないといけないのに、そういう人に限ってマンガ喫茶でさぼっている。だから両者の差は益々広がっていく。

勉強のできる子は少しくらい遊んでもいいのに勉強が面白いもんだから益々勉強して学力を伸ばす。一方、勉強のできない子は、できないのだから人一倍勉強しないといけないのに、そういう子に限って勉強しない。益々差が広がる。

ツキと運のあるお金持ちは、少しぐらい無駄遣いしてもいいのに、1億円あったら、それを確実に増やすための投資をするので、着実に個人資産が増える。一方、ツキも運もない人の多くが一獲千金を夢見て宝くじ売り場に並んだりする。

結局お金を無駄にしてしまう。お金のない人に限ってお金を大切にしていないことが多いという。

これは、昨年聴いた中で最高に面白かった「九州ワクワク塾」での西田文郎さんの話だ。ブレイントレーナーである西田さんはスポーツ選手に脳の使い方を指導し、数多くの一流と呼ばれるプロ選手を育てている。「すべては脳がやっているんです。脳をプラス思考、プラスイメージ、プラス感情という、この三つの状態にすれば誰でもツイてる脳になります」と西田さん。

先日、テレビにミュージシャンを目指し何年も下積み生活をしている女性が出ていた。彼女は「私には才能がないのかもしれない。他の道を探したほうがいいでしょうか?」と、悩みを語っていた。その話を聞いていた司会の島田紳助さんが、「彼女はもう終わりや。成功する人というのは、どんなに長い下積み生活を送っていても、『自分には才能がないかもしれん』なんて微塵も思わんのや」と切り捨てた。

要は、ツキと運は偶然訪れてくるものではなく、ツキと運を引き寄せる思考をしている人の「実力」だったのである。

冒頭に紹介した②の人たちは、今日からどんな状況にあっても絶対に愚痴、不平、不満、人の悪口を口にしないという生活態度に切り替えるだけで、限りなく①に近づけるので、騙されたと思ってやってみよう。

「ツキと運のある人たちの共通点は、どんな不運な状況の中にあっても、『この人、アホちゃう？』と周囲の人が呆れるほど１００％プラス思考である」だそうだ。

これからは「お前、アホちゃう？」と言われるような人になろう！

運命的な出会いと運命を変えた出会い

「運命とは？」と考えさせられる本を2冊続けて読んだ。

角界で一世を風靡した若貴兄弟の母親、花田憲子さんの著書『凛として…。』と、もう1冊は日本を代表する演歌歌手、橋幸夫さんとその妻・凡子《なみこ》さん夫婦の共著『別れなかった理由』だ。

この二人の女性にはとても共通しているところがある。と同時にこの二組の夫婦は非常に対照的でもあった。

共通点は、二人とも当時飛ぶ鳥を落とす勢いの有名人と1969年に出会っている。しかも当時は二人とも自分の道をしっかり持っていた。憲子さんは女優になって2年目。まさに「これから」という絶好調のときに、花田家の目に留まり、押しの一手であれよあれよという間に結婚まで進んだ。

凡子さんは日航機国際線の客室乗務員だった。芸能界御三家の一人、橋幸夫さんの大ファンで、偶然凡子さんがフライトを担当する飛行機に橋さんが乗ってきた。

言葉を交わし、到着地のハワイで初デート。1年余りの交際を経て、結婚した。

憲子さんは貴ノ花との出会いを著書にこう書いた。「運命を変えた出会い」

凡子さんは橋さんとの出会いを著書にこう書いている。「彼との出会いは運命だった」

結婚後、二人の女性は国民的スターである夫の為にすべてを捧げた。良き妻、良き嫁、良き母に徹した。その間、思いやりのなさに深く傷つくこともあったが、憲子さんは「夫は日本の国技を支える人。多少のわがままは仕方がない」と堪えた。凡子さんも夫から「お前はただハイと言っていればいい」と言われ、夫に逆らったことはなかった。


小さな心の傷や思いのズレは30年の間にどんどん膨らんでいった。やがて「良妻賢母」というバブル（風船）は弾けた。

憲子さんの心は親方から離れた。著書の最終章、「家族の絆」では、二人の息子との固い絆を再確認し、「一人の女性としての人生を見つめ直して生きたい」と綴った。かくして憲子さんは夫と別々の道を歩み始めた。

家庭に仕事を持ち込まないことをモットーにしていた橋さんは、仕事上の悩みは妻に相談することはなかった。そのうち、仕事で生じる悩みやストレスを癒してくれる女性が現れ、橋さんの心は妻から離れていく。

結婚28年目のある日、凡子さんは夫に言った。「あなたは私と一緒に生きようという気がない」。初めての挑戦状だった。今度ばかりは、夫からどんなに罵倒されようとも凡子さんは引かなかった。

言いたいことを言い合った。ただ、どんなにきつい言葉を夫に投げかけても、寝るとき、凡子さんは夫の横に寄り添い、手を握った。

夫婦の議論は1年余り続いた。橋さんは「自分に思いやりが足りなかった。そんなにつらかったとは気づかなかった」と、土下座して謝った。夫婦の絆は修復した。

もうわがままな夫から離れて、自分らしく生きたいと思っている人は花田憲子著『凛として…。』を、少しでも夫に対する愛情が残っていて、夫と運命的な出会いを感じている人は橋さん夫婦の『別れなかった理由』をお勧めします。

「死にたい」ではなく「死ぬほどつらい」

元小学校の校長だった渡部正さん（仮名）は満州生まれだ。終戦の日、彼は5歳だった。満州にいた多くの日本人がそうであったように、渡部さんの家族も徒歩で満州から朝鮮半島に向かっていた。南端の釜山から船で日本に帰るためだ。

その道中は、侵攻してくるおびただしい数のソ連軍と、心ない中国人の迫害から逃れるため、生死の境をさまようほど過酷なものだった。ある親は「戦争が終わったら必ず迎えに来るから」と言って親切な中国人に我が子を預けた。

ある親はお金と引き換えに我が子を売った。「残留日本人孤児」と呼ばれる人たちが近代史に登場するようになった背景には、言うに言えない悲痛な親たちの決断と選択があった。

逃避行の混乱の中で、5歳の渡部少年もまた家族とはぐれた。広大な満州の地にただ一人たたずむ渡部少年。しかし、彼は厳冬の中、8ヵ月かけて、単身、故郷のある宮崎県高鍋町に辿りついた。

その数か月前に、母と兄姉たちは引き揚げており、5歳の末っ子はもう死んだものと誰もが思っていたので、その幼子が玄関先に現れたときは、家族全員が驚き、そして喜んだ。

なぜ5歳の子が一人で大陸を南下し、船に乗って海を渡り、親の故郷に戻ってこられたのか。その謎を解く鍵は少年の胸にあった。誰が書いたのか、少年の服に次のようなことが書かれてあった。「宮崎県の高鍋町に帰る子どもです。どなたか助けてあげて下さい」

それを見た大人が、「この汽車に乗れ」「ここで降りろ」という具合に、たくさんの人たちの言葉が道標になったのだ。

生と死の狭間で人は何を思うのだろう。「もう死にたい」と思うのか。それとも「生きなければ」と思うのか。

タレントの和田アキ子さんもその一人だ。ラジオ番組に出演していた和田さんは、過去一番苦しかったときの心境を初めてマスコミで話した。

テレビの中の「和田アキ子」は、親分肌だというか、姐御肌というか、常に男顔負けの剛健さを売り物にしている。しかし、その裏で彼女は、「私は病気の宝庫なの」と自称するほど、次から次に襲ってくる病魔と闘っていた。それでも仕事では「和田アキ子」を演じなければならない。タレント業と私生活とのギャップがだんだん彼女を苦しめた。

「死にたい」と思うようになった。ある日、遺書を書いた。朝、ナイフで手首を切ろうとしたが恐くなってやめた。昼、マンションの上階から下を見たら恐くなってやめた。その日の夜、夫に「死にたい」と苦しかった胸の内を明かした。

夫は「そんなに苦しかったのか」とボロボロ泣きながら妻を抱きしめて言った。

「『生きたい』と臓器移植を待っている人がいる。かすかな希望を抱いて今日という日を必死で生きている人がいる。自殺したらそんな人たちに申し訳ないじゃないか。『死にたい』と言うんじゃなくて、そんな時は『死にたいほどつらい』と言おうよ」。この言葉が和田アキ子さんを立ち直らせたという。

死線を越えて生かされたいのちには、何か大きな「使命」があるように思える。生きなくちゃ。死にたいほどつらくても生きなくちゃ。

あなたの人生はあなたが主人公です

大河ドラマ『新選組！』の話。新選組局長・近藤勇役を演じたのはSMAPの香取慎吾さんだった。近藤勇の写真を見ると、あの人は決して二枚目じゃない。上方漫才のトミーズ雅とか落語家の林家ペーに近い顔だ。しかし、大河ドラマはエンターテイメント、すなわち娯楽。主人公は何が何でもかっこよくなければならない。

映画『いま、会いにゆきます』の主人公、秋穂巧を演じた中村獅童もまた二枚目じゃない。映画の中の役柄は若くして妻に先立たれ、精神的な病を持ちながら、小学1年生の佑司を育てている、ちょっと頼りない父親だ。

物語は、死んだはずの妻、澪《みお》が雨季の間だけ帰ってきて家族3人の生活がまた始まるというファンタジー。

蘇ってきた澪には過去の記憶がない。自分が巧の妻であることも、佑司の母親であることも。映画の前半は、巧が澪に自分たちの過去を一生懸命語って聞かせる。すなわち巧の視線で物語が進んでいく。

ところが、後半は澪の視線から過去が再現されていく。巧が語ったときと同じ映像が流れるが、澪の視線で映し出されていくのだ。そのとき、この映画の主人公は巧ではなく、澪だったことに気づくのである。

ある意味、主人公ってそういうものだ。大切なのは自分の視線。それがあれば誰でもみんな「人生の主人公」だ。


「主人公」と言えば、NHKBSで『リクエストさだまさし/ライブ映像148曲から選ぶトップ10』という番組があった。さだまさしが歌った148曲の中からファンが自分の好きな曲を選ぶというもの。

予想通り、上位には『秋桜』『雨やどり』『償い』など、御馴染みのヒット曲が選ばれた。最後に1位の発表があった。一番リクエストが多かった曲は『主人公』だった。この曲は決してヒット曲ではない。70年代にリリースされたLPレコードの中に収められている1曲に過ぎない。

それほどまでに人の心を惹き付ける何かがこの曲にはある。番組の中で福岡市の男性のリクエストカードが読み上げられた。「この歌に何度も何度も助けられました……」。

こんな歌詞である。「社会に出て長い月日が流れた。ふと人生を振り返ったとき、輝いていた学生時代が懐かしく思え、できればあの頃に戻って、あのとき、別の道を選んでいたらなぁと思ったりもする。だけど、今の自分を後悔していない。自分で選んだ道なのだから……」

高度成長期からバブルの時代までひたむきに駆け抜けてきた。ある人は仕事に、ある人は子育てに追われながら。そしてバブルが弾け、多くの人が自分の人生を振り返った。

いつも自分の周りで目立っている人が主人公だと思っていた。この社会の中では自分なんて脇役だと。歯車の一つでも自分は大切な役割を担っている、それでいいんだと。そう思ってきた人に、この歌はこんなメッセージを贈ってくれる。「あなたは教えてくれた。どんな小さな物語でも、自分の人生の中では誰もが主人公だと」

さぁ、あなたのつくるあなたの「大河ドラマ」は今どんな展開になっているだろう。あなたの周りの人はみんな「脇役」だ。脚本もあなたが自由に書き換えていい。自分が幸せになるストーリーに。だってあなたが主人公なのだから。

自分の死を考えるということ

「人生」という物語のラストシーンは何といっても「死」だ。映画にたとえるならそれはクライマックスであり、人生の集大成である。

しかし、「死」は今まで私たちに暗い影を落としていた。病床にある人やお年寄りの前で「死」という言葉を使うことはタブーだった。人の死は悲しみや嘆き、落胆、苦痛、淋しさ、無念、怒りといったマイナスの感情が伴うからだ。しかし、いのちあるものには必ず終わりがくるようにプログラムされている。だから、何がしかの準備や教育というものがあってもいいはずだ。だが、なかなかそのことを考えたくない、触れたくないというのが、やはり人情だ。

先日、終末期医療の現場で働いているカウンセラーから「あなたは自分の死について考えたことがありますか？」と問われ、言葉に詰まった。選択肢はそんなに多くはないという。病気、事故、殺人、老衰、自殺、災害。最も確率が高いのは病気と事故だろうか。やはり、しっかり考えておくべきだろうか。

かつて人の死はとても身近なものだった。病死の場合、ほとんどの人が病院で亡くなっている。そのため、息を引き取る場に家族が居合わすことができないケースも少なくない。

そして、今、死は別の意味で身近なものになっている。ある大学の先生が、1週間、午後6時から9時までの3時間のテレビ番組の中で一体何人の人が死んだか調べた。何と557人の「人の死」があった。テレビドラマ化された死が、現代人にとって身近な死になっているという。

死の悲しみは別れの悲しみである。しかし、きちんと別れが出来なかった死はもっと悲しくてつらい。伊丹十三監督の『お葬式』という映画の中で、夫を亡くした妻が弔問客に向かって言うセリフがある。

「私、ただひとつ残念だったのは、この人が亡くなる時、ほら、部屋に入れなかったでしょ。応急処置を受けていたから。その間に1人で亡くなってしまったのよね。どうせ亡くなるんなら一緒にいてあげて手でも握ってあげてね、……それが心残りです。1人で死ぬというのは、この人も淋しかったと思います」

今、「家族から看取られる死」から「家族から切り離された死」になっている、とそのカウンセラーは話していた。それと対照的な話を、以前NHKで放送作家の永六輔さんが話していた。末期がんだった妻・昌子さんを自宅に引き取り、訪問看護ステーションと連携しながら、家族で終末期を過ごしたという。

永さんの在宅看護を支えたのは「開業医」ならぬ「開業ナース」。この看護師が、患者の容体や家族の事情を考慮して適切なドクターを選ぶ。選ばれたドクターは3人の看護師、永さん親子3人とチームを組んで、昌子さんの最後の1ヵ月半を共に過ごした。臨終の場面では、意識のなくなった昌子さんを3人の家族が囲み、ドクターや看護師は部屋の隅に待機した。

息を引き取った後、医療処置が行われ、娘が髪を洗い、化粧をした。すべてが終わったあと、ドクターが亡くなった昌子さんに向かって深々とお辞儀をした。

二女の麻理さんは、「あのドクターの姿が忘れられません。命の重みを知っている人だと思いました。頑張った患者に対する最敬礼でした」と泣きながら笑顔で話していた。

常日頃から死というものをタブー視せずに、前向きに考えてきた永さんだから、こういう体験ができたのだろう。

夢のような未来にある苦悩

敗戦のショックから立ち上がり、日本再建に向けて動き始めていた昭和20年代後半、街にはまだバラック小屋が立ち並んでいた時代に、手塚治虫は夢のような未来都市を描き、そして、空を飛び、悪者をやっつける、心優しい少年を主人公に登場させた。

少年雑誌に連載された『鉄腕アトム』は、たちまち子どもたちの心を鷲づかみにした。戦争で親を失い、家を失い、教育も満足に受けられない貧困の中で、子どもたちは『鉄腕アトム』を読みながら、日本の未来を信じることができた。

アトムのエネルギー源は原子力（核融合）である。アトムには、妹ウランちゃんやコバルトという友達がいる。いずれも放射性元素の名前だ。原子爆弾を落とされてからまだ10年も経っていないというのに、手塚さんはよくこんな名前を付けたなぁと思うし、国民もよく受け入れたなぁと思う。

元々自然界にある物質だから、これを平和の為、人命の為に使うことを神様は良しとしたのかもしれない。しかしながら、私たちはどこかでボタンを掛け違えてしまったような気がしてならない。

東日本大震災で福島原発が崩壊した。今まで原発の安全性はことある毎に国や専門家が主張していたが、自然のエネルギーは、人類が長い年月をかけ、高度な科学技術を駆使してつくり上げた原子力発電所を一瞬にして破壊した。

この現実に直面して、電気を使う私たちも、使い方に対する考え方を大きく転換しなければならない、そんな覚悟が今突き付けられている。

便利な生活には感謝でいっぱいだが、ここまで便利にする必要があるの？　と思いたくなるほど、高度で精巧な技術が私たちの日常にまで入り込み、その結果、原子力発電所を増設しなければならないほどの電力を必要とする生活になった。

確かに私たちは豊かな生活を望んだ。しかし、それ以上に、各メーカーの技術開発が一人歩きしてどんどん先に進み、その後を消費者が必死についていった結果とも言えないだろうか。

ミスターチルドレンの桜井和寿さんが科学に対して、こんなメッセージ性の高い歌を歌っている。

「手塚マンガの未来都市の実写版みたいな街。ハイスピードで近代化は進む。でも憂うつ。何と引き換えに現代を手に入れたの？　夢ってあたかもそれが素晴らしいもののように、僕らは賛美してきたけど、実際はどうなの？　核だって最初は名もない科学者の、純粋で、小さな夢から始まったんじゃないの？　やっかいだ、夢は良くもあり、悪くもなる。てなわけで夢は僕らの手にかかっている。今こそ打ち上げよう、僕らの夢を……」

（『Everything is made from a dream』の要約です）

手塚さんが本当に描きたかったのは、科学万能の、夢のような未来ではなく、アトムの苦悩ではなかったのか。ロボットなのに人間の心を持っていたアトムはよく悩んでいた。対人関係や善悪の葛藤に……。

科学は、いつも人間の心を持ち続け、そして悩み続けたほうがいい。「安全だ」と言い切れるものなどどこにもないのだ。

テレビ版『鉄腕アトム』の最終話。異常に気温が上昇した地球を救うため、アトムは太陽の温度を下げるカプセルを誘導するために宇宙へ飛び立つ。彼の最後の言葉が、これだ。

「ウラン、コバルト、僕はカプセルの方向を太陽に向けて一緒に飛び込むよ。さよなら。あっ地球だ。地球はきれいだなぁ」

5の章

勇気　感謝　感動

受け止めないのはもったいない

超人気アイドルグループ「AKB48」が歌う、『会いたかった』という歌を先週車の中で聴いていたら涙が溢れてきた。いやや、ちょっと前まではあのグループに対して何の関心もなかった。やっぱり中年のオヤジ世代としては70年代のフォークやポップスがいいに決まっている。

ところが、である。「にんげんクラブ東京大会」で講演された㈱本物研究所代表・佐野浩一さんの話に衝撃を受けた。

「好きならば好きだと言おう／誤魔化さず素直になろう……会いたかった／会いたかった／会いたかった／YES！」

『会いたかった』はこんな内容なのだが、好き嫌いではなく、中高年の世代としては「関心がない」「別にいい歌とは思わない」というのが本音ではないだろうか。

「でもね、皆さん、これ、めっちゃくちゃ売れているんですよ。たくさんの若者がこの歌を受け入れているんですよ」と佐野さんは言う。「はい、知っています」

と僕は思った。「だって彼女たちは元々10代の若者のウケを狙って作られたグループだし、そういう若者向けの歌ですからね」と。

しかし、次の言葉で僕はハッとした。佐野さんいわく、「僕はＡＫＢ48を通して娘を理解することができました」どういうことかと言うと、別に「ＡＫＢ48」でなくてもいい。「ファンキーモンキーベイビーズ」でもいいし、「嵐」でもいい。

中高年世代がじっくり聴きたいとも思わないあの歌やあのグループを受け止められないということは、もしかすると、あの歌やあのグループを好きで好きで堪らないという若い世代を受け止めることもできないのではないか、と佐野さんは〈ＡＫＢ48〉が大好きな娘さんと接しながら、ふと思ったというのである。そして、「受け止められないものは、受け入れることもできませんよね。それはもったいないんじゃないか」って。

この話を聴いた後、僕は車を走らせながら、『会いたかった』を聴いた。突如として、この歌の向こう側にいる中学生くらいの子どもたちの「言葉にならない思い」に触れたような気持ちになった。と同時に遠い昔の、自分の中学時代を思い出して、涙が溢れてきたのである。

あの当時、フォークソングが若者の心をつかんでいた。彼らの風貌といい、歌といい、それは当時の大人たちには到底受け入れられないものだった。僕たちの心の中には、初めて経験する恋、理由もなく湧いてくる親や学校に対する反抗心、そういう「言葉にならない思い」がうごめいていた。思春期になって初めて経験するその思いをどう言葉にしていいのか分からなかった。

そのとき、吉田拓郎や井上陽水やかぐや姫は、僕らの「言葉にならない思い」を詩にして歌っていた。もしあのとき、父親が「拓郎か。なかなかいい歌だなぁ」と、一言でも言ってくれていたら、僕はもっと父親とコミュニケーションができたかもしれない。

子どもは、本当はもっと親とコミュニケーションしたいんじゃないか。でも、子どもが夢中になっていることを否定したり、無関心であったり、受け止めないでいることで、子どもは親とどんな会話をしても面白くないと思っているんじゃないだろうか。

夢中になれるものを見つけた若者の目はキラキラしている。佐野さんが言うように、その彼ら彼女らを受け止めないのは、もったいないことなのかもしれない。

感動的なサービス味わってますか

仕事で上京する機会ができたので、羽田空港から赤坂にある「カシータ」に直行した。ちょうどランチの時間だった。「カシータ」とは、オーナーの高橋滋さんが「愛と感動のレストラン」と自負するイタリアン・レストランである。高橋さんの著書『アイアムアマン』読んで感動し、一度行かねば、と思っていた。
最近、若者たちが、「普通に美味しい」とか「普通にうまい」と表現する。褒めているわけではないが、ケチを付けているわけでもない。レストランでは美味しい料理が出てくるのは当たり前、ピアニストが上手にピアノを弾くのは当たり前。つまり、満足はしているが、感動はしていないのだ

高橋さんは言う、「レストランは料理で勝負するんじゃない。どこの料理人も腕に自信を持ち、美味しい料理を出している。それは当たり前で、それプラス何か印象に残るものを与えないといけない」

その「プラスアルファ」こそ、高橋さんは「サービス」と考えている。

たとえば、お客が駐車場に入ったことを確認したら、元気よく外に飛び出して出迎えるとか、常連客にはキッチン・スタッフがテーブルまで来てあいさつするとか、食べ終わったお皿を下げるとき、「お下げしてもよろしいですか?」ではなく、「お味は如何でしたか?」と聞くとか。

高橋さんは元々オートバイの輸入業者だ。趣味は旅行。世界中を旅し、あちこちのリゾートホテルに宿泊していた。

ある日、彼は運命を変えるホテル、「アマンリゾート」と出会った。チェックインしたときからすべてのスタッフが自分を名前で呼んだ。レストランでの生演奏は最後のお客が帰るまで続いた。時には午前零時を回ることも。ホテルのプールでシャワーを浴びたとき、振り向くとスタッフがタオルを持って待っていた。

すごいサービスに出会ってしまった。以来、高橋さんは国内のホテルやレストランのサービスに満足しきれなくなった。レストラン経営は素人だったが、胃袋だけでなく、心も満たされるレストランを作りたいと思った。そしてできたのが「愛と感動のレストラン」というわけである。

高橋さんは全日空の飛行機に乗ったとき、こんな体験をした。バンコク行きの飛行機の中でちょっとした不具合があり、そのことを一人の客室乗務員に告げた。1週間後、シンガポールからの帰りの便の中でチーフパーサーから「高橋様、先日は貴重なご意見を頂きまして……」と話し掛けられた。成田空港でも地上スタッフから「先日は大変失礼しました」と声を掛けられ、「すごい連携プレイだ」と感動した。

「よそがやっているサービスをパクり、自分のところのサービスにリンクさせることができない人が多過ぎる」と高橋さんは言う。「見るべきは同業者ではなく、一流のサービスを提供しているところだ」

以前、家族でセルフサービスの食堂に行ったことがあった。各自好きなおかずを選べて、値段も安い。最初はお気に入りだったが、3度目となると、なぜか心が満足しなくなった。なぜだろうと話し合っていると、娘が言った。「もてなされているという実感がない」

なるほど、私たちはお客になった瞬間、もてなされたいのだ。もてなされているという実感、それを感動という形で味わいたいものだ。サービスとはそのためにある。

現代人は物語を求めている

不思議なもので、オペラなんて今まで興味もなかったし、ましてやオペラのCDを買おうなんて思ったこともないのに、彼の歌を聴いた途端、ネットで注文した。

「彼」というのはイギリスのオペラ歌手、ポール・ポッツのことだ。ポール・ポッツのことを知ったのは、朝の情報番組『とくダネ！』のオープニングトークである。

朝のワイドショーなんてどこの局も世間を騒がせている事件や芸能ニュースばかりだが、『とくダネ！』は司会の小倉智昭さんのオープニングトークが面白い。番組開始8時からの7、8分間という短い時間だが、そこだけはつい見てしまう。

先日、小倉さんはオープニングトークでポール・ポッツのことを話題にしていた。まず紹介されたのはイギリス版「スター誕生」ともいうべきオーディション番組の予選審査の映像だった。

「携帯電話のセールスをしているポール・ポッツです」と司会者から紹介され

て出てきたポールはちょっとくたびれた服に、とてもビジュアル系とは言えないルックス。

「何を披露してくれるの？」という審査員の言葉に、「オペラです」と自信なさそうに答えた。そのとき、「はぁ？　オペラ？　その顔で？」と言いたげな一人の審査員の表情が映し出された。「じゃあ、とにかく歌ってみて」と言ったのは激辛審査員として有名なプロデューサーのサイモン・コーウェル氏。

そしてポールは口を大きく開けて歌い出した。前歯が一本欠けていた。ところがその美しい歌声に3人の審査員も会場の観客も度肝を抜かれた。歌が中盤に差し掛かると会場から割れんばかりの歓声が上がった。歌が終わると鳴り止まないスタンディングオベーション。涙を流している人もいた。アマンダという女性審査員は「鳥肌が立った」と言った。

子どもの頃、彼はいじめられっ子だった。「なぜいじめられたのかなぁ。僕が少し変だからかな」と語るポール。いじめられたせいで自分に自信を持てないいま大人になった。しかし、彼はこう語る。「声だけは味方だった。歌っているときだけは堂々としていられた」

予選を通過したポールは、次のステージで最終審査に進出する5組に選ばれ、そして見事優勝。審査員のコーウェル氏が最後にこう言って会場を驚かせた。

「ポール、来週、デビューアルバムのレコーディングをするぞ」

一夜にして人生が変わった。「携帯電話のセールスマンからオペラ界の大スターに」というドラマチックなサクセスストーリーは、今世界中で一大センセーションを巻き起こしている。

もちろん、彼に優るとも劣らないアーティストはオペラ界にごまんといる。きっと彼に魅了された人たちは彼の歌声を買っている以上に、彼の「物語」を買っているのだと思う。

商品の魅力は、商品そのものの品質や機能より、その商品が持っている「物語」にある。たとえば、「この商品がどうやって誕生したのか」なんていう「物語」がブランドになっていくのだ。品質的にも機能的にもさほど差がない商品だとするならば、価格を安くするよりも、「物語」をPRしたほうがいい。

人も物もみんな「物語」を持っている。それがその人の、その物の、魅力なのだ。

プロデュースされる生き方

作家であり、作詞家でもある秋元康さんの話を聴いた。「プロデュースのススメ」という内容の話だった。

プロデュースとは一般的に、映画や演劇、テレビ番組などを企画・制作することだが、もう一つ、「その人が秘めている能力や魅力を引き出し、育てていく」という意味もある。そこにあるのは客観性。第三者が客観的に見ることで、自分では想像もつかなかった新しい自分が引き出される。

秋元さんは言う、「プロデュースという考え方には、どうしたらもっとお客さんに喜んでもらえるか。もっと楽しんでいただけるか、という配慮がある」

1980年に沢田研二さんが歌って大ヒットした『TOKIO（トキオ）』という歌の裏話をされた。この歌、何がすごかったかというと、衣装である。何と沢田研二さんはパラシュートを背負って歌ったのだ。

最初、彼はあの衣装を着たくなかったそうだ。もちろん彼ほどの大スターなら拒否することもできた。だが、彼は騙されたと思ってパラシュートを背負い、歌い続けた。

「もし、沢田研二さんが自分流のやり方を貫き通していたら、あのヒット曲は生まれなかったかもしれません。自分では想像もできないことを引き出して、新しい自分を創造する。それがプロデュースなんです」と秋元さん。


美空ひばりさんをプロデュースしたときもそうだった。当時、ポップス界にいた若干31歳の秋元さんに、「歌謡界の女王」ともいわれていた美空ひばりさんは、自分のプロデュースを託した。

「秋元がどんな詩を書こうが、美空ひばりは揺るがないという自信があったんでしょう」と、秋元さんは当時を振り返る。

秋元さんは、新しい美空ひばりの魅力をどう引き出したらいいか、考えた。若い人にウケるような楽曲にすれば、若い人には売れるかもしれないが、昔からずっとファンだった中高年は離れてしまう。彼が心掛けたのは、「今までのファンも離さずに、新しいファンを掴むにはどうしたらいいか」ということだった。つまり、演歌のようで演歌ではない、ポップスのようだけどポップスではない、そんな曲でないといけない。

30代の作曲家数名に声を掛けた。自分の中にある演歌、自分の中にある「美空ひばり」をイメージしてもらい、秋元さんが書いた詩に曲をつけてもらった。そして出来上がったのが『川の流れのように』という曲だ。

「美空ひばりさんほど戦後の日本人に歌を通して笑顔を与え、元気を与えてきた人はいない。しかも、彼女自身、波乱に満ちた半生を生きてきた。この時も大病をして、もう二度と歌えないかもしれないという状況から奇跡的な復活をされた。その美空ひばりさんに『人生なんて川の流れのように、なるようにしかならないのよ』って励まされたら、元気が出ますよね」と秋元さん。

他人にプロデュースしてもらう、しかも、自分より経験の浅い若造から客観的に見てもらうなんて、よほど謙虚で、人間ができていないとできないことだ。

いや、そういう人だからこそ、大成していくんだろうなぁ。

あの世に行く時にされる質問がある

最近聴いた講演では小林正観さんの話がおもしろかった。

ある中堅企業の社長さんがある日、心不全か何かで心拍が停止、意識不明の重体になった。救急救命士が来て必死に心臓マッサージをした。

その間、その社長さんは林の中を歩いていた。その林を出ると、きれいなお花畑に出た。周りを見渡すと、いろんな人がお花畑を歩いていた。

お花畑を過ぎると川のほとりに出た。その川の向こうが彼岸、俗に言う「あの世」である。その川幅は人によってまちまちで、10メートルの人もいれば100メートルの人もいる。また、渡り方もさまざまで、橋で渡る人もいれば、船に乗っていく人、泳いで渡る人などいろいろ。一旦、両足が岸から離れてしまうと、二度と戻っては来れないそうだ。

さて、お花畑に出た社長さんの耳に不思議な声が聞こえた。「あなたが今まで送ってきた人生とはどういう人生だったか、それについて質問されるから川べりに着くまでまとめておくように」

お花畑を歩きながら社長さんは、「あんなこともしたなぁ」「こんなこともしたなぁ」と、自分の人生を振り返った。そして今までやってきた業績をまとめていった。

川べりに着くと、こんな声が聞こえてきた。「あなたは自分の人生をどれくらい楽しんできましたか？」

社長さん、はて？　と困り果ててしまった。やってきた業績についてはいくらでも話せると思って、意気揚々と川べりまで歩いてきたのだが、神様が聞いたのは業績ではなく、「どれくらい人生を楽しんできたか」ということだったのだ。

その声の主は、業績などまったく関心がない様子だった。いくら考えても「楽しくやってきた」という記憶がなかった。じっと黙っていたら、「あなたは人生を楽しんでこなかったのですね」と言った。「はい」と言うと、「あなたの人生は失敗です。もう一度やり直し！」と言われた。

その瞬間、社長さんは息を吹き返し、この世に戻ってきた。その日から社長さんは人生を楽しく生きることに切り替えた。そのとき、「楽しく生きるということは、自分がどれほど周りから喜ばれているかである」ということを教えられた。

なるほど、楽しい人生とは、ただ能天気に生きる快楽主義ではなく、「あなたがいて良かった」と言われる人生を送ること。

私たちは日常の中にどれほど「楽しさ」を見つけられるだろうか。社会を見回すと悲惨な事件や事故と私たちは背中合わせにいる。いつ来るとも分からない自然災害は常に不安の影を投げかけてくる。

でも、そう暗く考えずに、そういう中でも自ら進んで、周囲の人から「ありがとう」と言われるような生活を心掛けてみよう。あのマザーテレサも、あのスラムと化した街の中で、貧困を恨んだりするのではなく、自分の存在が必要とされている喜びに満たされていたのではないだろうか。

「楽しさ」とは、日常の中の親子や夫婦、友だち、お客さん、同僚など、周りの人間関係の中に見出すものだ。そういう人たちと楽しい思い出をたくさんつくろう。いつか「この世」をちゃんと卒業できるために。

とっておきの話を語ろう

「聞き書きボランティア」というものがある。「元気なうちに自分の人生経験を語り伝えたい」という人に、録音機を持って訪問し、数回にわたって話を聞き出し、後に一冊の冊子に仕上げるというものだ。

明治、大正、戦前生まれの人の人生経験はそのまま郷土の歴史としても価値がある。活字になれば半永久的にその人の生きざまを後世に語り継ぐことができる。そういう意味でこれは地域の宝物の発掘作業である。

「聞き書きボランティア」のことは、今年9月にNHKで放送された『にんげんドキュメント～聞いてください・私の人生』という番組を見て知った。誰の人生にもある「とっておきの思い出話」「若かりし頃の冒険話」「何十年も心の奥に封印してきたつらい話」「家族も知らない恋愛秘話」など、あの世に旅立つ前に誰かに聞いて欲しい話を書き残す活動だ。

その番組では、元助産師の70代の女性が、最もつらかったお産の話をしていた。

また、11歳の時に南米で別れ、二度と再会することがなかった父の思い出を涙ながらに語る70代の男性もいた。7人中3人の子どもを病気で亡くしたという91歳の女性は、一番看病がつらかった3女の思い出話をしていた。

先週、宮崎市の内科医、日高四郎さんと話す機会があった。日高さんは長年訪問医療に力を注いできた町医者だ。幼い頃、医者であった父親の往診にいつもくっついて行っていた。往診先での患者に対する父親の温かいまなざしを見て育った。家の人から可愛がられ、お菓子をもらうのが楽しみだった。「往診」は日高さんの医療の原点となった。

「病気や事故、老衰、いろんな死がある。どうせ死ぬのなら、がんが一番いい。告知されることで積極的に生きる目標が持てるし、計画が立てられる。とても恵まれた死だ」と日高さんは言う。

今まで多くの患者を在宅で看取った。電話1本で、真夜中だろうが、早朝だろうが、駆けつける。往診で日高さんが最も大切にしていることは会話だ。ひたすら患者の声に耳を傾ける。

ある時、患者が自分の人生を語っているのに気が付いた。若いときのこと、今まで誰にも言えなかったことを日高さんに語っていた。日高さんはそれを書きとめ、パソコンで編集し、活字にして渡したら患者も家族も喜んだ。

元教師の女性はアルツハイマーになり、物忘れがひどくなっていくのがつらくて無口になっていた。彼女が重い口を開いた。満州で終戦を迎えたという。5人の子どもを抱えて引き揚げた。満州から朝鮮に向かう列車の屋根の上から見た大きな夕日がとてもきれいだった。あの夕日の美しさを今でも鮮明に覚えているという。

いつも寝たきりだった彼女がその日は起き上がって玄関まで見送ってくれた。「みんなドラマを持っている」、日高さんは思い出話を聞いて書き残す作業を「思い出療法」と名づけた。「思い出を語るとき、目が輝いている。語った後、とてもすっきりしたいい顔になっている」

「海が見たい」と患者が言えば、寝たきりのお年寄りを海に連れて行った。「花が見たい」と言えば、101歳のおばあちゃんを背負って連れて行った。「在宅には生きている感触を最後まで感じられるものがある」と日高さんは言う。

後悔との出会いが飛躍のとき

読書週間ということで、娘が高校から持って帰った「図書館だより」を何気なく読んでいたら、心が揺り動かされる文章に出会った。それは県立高校の国語の先生が「後悔する前に」というタイトルで書いていた文章の中にあった。恩田陸の小説『夜のピクニック』の中に出てくる高校生のセリフだ。

その高校生・戸田忍には、時々お勧めの本をプレゼントしてくれる従兄弟がいた。しかし、彼は面倒くさくて、もらった本を読まなかった。あるとき、幼少の頃にプレゼントされた『ナルニア国物語』を、ふと手に取って読んでみた。読み終えたときの感想を友人に語っているのだが、そのセリフがすごい。

「読み終わったとき、とにかく頭の中に浮かんだのは『しまった！』という言葉だったんだ。なんでこの本を小学校のときに読んでおかなかったんだろうって、ものすごく後悔した。せめて中学生でもいい。10代の入り口で読んでおくべきだった。そうすれば、きっとこの本は絶対に大事な本になって、今の自分をつくるための何かになっていたはずだったんだ。そう考えたら悔しくてたまらなくなった」

人生というのは、こういう後悔の連続である。ただ、後悔ばかりしても何も始まらない。大事なことは「後悔との出会い」だ。「しまった！」と思った瞬間は、何か大事なことに気付いた瞬間でもある。気付いたら、そのことをまだ気付いていない人にメッセージとして送るのもいい。小説の中の「戸田忍」みたいに。

本当に後悔すべきは、自分にとって何が大事かということに一つも気付かないまま棺に入って人生を終えることだ。

「戸田忍」は、高校生でその「後悔」と出会えた。その「出会い」が、その後の彼をきっと大きく成長させたに違いない。

「戸田忍」のセリフの中の「10代の入り口」という言葉がとても気に入った。「10代の入り口」で出会わなければ感動しない本は確かにある。来年1月の成人式にはぜひ「20代の入り口」で出会うべき本を手にして欲しい。図書館や書店に行くと、それぞれの年代で出会うといいと思える本がたくさんある。

先述した「図書館だより」にも、その国語の先生が、「私は幼いとき、『フランダースの犬』を読んで号泣しましたが、今読んでも残念ながら泣くことはできません。同じように太宰治などは10代のときに出会わなければ、逆に鼻につく嫌な作家に見えるかもしれません」と書いていた。その先生は、自分が本を読むフィルターには二つあることを紹介していた。

一つは、「時間を超えて読み継がれているもの」。いわゆる古典的名作と言われているものは、どんなものでもお勧めだそうだ。

もう一つは、誰かが「これ、いいよ」と勧めてくれたもの。芥川賞のように社会的に高く評価されたものから、書店が勧めているもの、友だちの口コミまで、自分以外の誰かのお勧めを素直に受け入れること。「良い本を紹介してくれる人は、間違いなく良い人です」と。本当にそうだ。

最近、NPO法人「読書普及協会」に入会した。東京下町の小さな本屋の店長・清水克衛さんが立ち上げ、全国の読書好きが会員になっている。ネット上で会員が交流できる「ドクシー(読士)」というコミュニティサイトも刺激的だ。

立冬も過ぎ、暦の上では冬到来。冬の夜長は読書に限る。

勉強が楽しくなるような工夫を

小学校のPTA会長をしていたとき、入学式の祝辞で1年生にこう語り掛けた。

「小学校に入ると勉強が始まります。皆さん、勉強するって楽しいと思いますか？楽しいと思う人は手を挙げて！」

「はーい！」、新入生全員が元気いっぱいに手を挙げた。

ちょうどそのとき、新入生の後ろに6年生がいたので、ついでに6年生にも聞いてみた。「勉強が楽しい人？」。手を挙げたのは約120人中3人だった。

彼らも5年前はピカピカの1年生だったはず。初めて教科書をもらったとき、これから始まる勉強にワクワクしていたと思う。なぜわずか5年間で子どもたちは「学ぶことは楽しい」と思えなくなってしまったのだろうか。

民間企業に置き換えてみよう。開店当時はお店に行くだけでワクワク感があり、買い物も楽しかったのに、年々ワクワク感がなくなり、5年もすると全然楽しくなくなる。そして、郊外に買い物が楽しくなるショッピングセンターができると、お客はそっちに流れてしまう。

経営コンサルタントの佐藤芳直さんが、あるセミナーで「来たるべき少子化に備えて専門学校・大学が生き残るためにはどうしたらいいか」という講演をした。長野県にある上田情報ビジネス専門学校の副校長・比田井和孝さんは、その講演を聴いて衝撃を受けた。

「学校にとって『お客様』って誰でしょうか?」、佐藤さんは問い掛けた。

生徒あっての学校である。学校にとっての『お客様』は生徒に決まっている、と比田井さんは思った。ところが、佐藤さんの答えは意外なものだった。「学校にとっての『お客様』は保護者であり、企業であり、社会です」

生徒一人ひとりはまだ粗削りの「素材」である。入学するということは、保護者からその「素材」を仕入れること。そして学校生活の中で、その「素材」を磨き、社会に通用する立派な「商品」、すなわち素晴らしい人間に育て上げ、企業に「納品」する。あるいは保護者にお返しする。もっと言うと社会に送り出すという考え方が必要である、と佐藤さんは言い切った。

「生徒はお客様である」と考えると、授業中寝ていたり、さぼったりしていても本気で怒ることができないが、「保護者や社会がお客様である」と考えると、お客様にとって望ましい人間に育てることが学校の役割となる。真剣にならざるを得ない。

算数なら算数、国語なら国語を教えることは教師の「仕事」だ。ただどんなに一生懸命「仕事」をしても、顧客満足度は上がらない。「ビジネス」の視点が必要である。

「ビジネス」とは、1年間、勉強を教えた生徒が、「先生、勉強が楽しくなりました」とか、「算数が面白くなりました」「国語が好きになりました」など、子どもたちにこう言わしめてこそ、プロの教師であり、子どもは本当の意味で育つのだと思う。その結果、子どもたちの後ろにいる保護者や社会の顧客満足度を上げることができる。

先日、こんな話を小学校の校長先生にしたら、「教員の研修をさらに充実させます」と話されていたが、教師同士で研修・研鑽するのもいいが、ときには企業人からも学んだらいいと思う。もちろん企業人も教育者から学ぶことは多々ある。

やっぱり社会と学校と家庭は根っこでしっかりつながっている。

大きなため息をついて明日の日本を語ろう

「最近、調子がいい人、食欲があって毎日笑って過ごせる人は病気で、『あぁ～』とため息をついたり、憂鬱になったり、気持ちが沈んでいる人のほうが健康的なんじゃないか」と作家の五木寛之さんは語っていた。

年間3万人を超える人がこの平和な日本で自殺している。戦後半世紀の右肩上がりの時代に誰も体験しなかったような状況が今日の日本にある。こんな時代にあって、「何ということだろう」と嘆き悲しみ、心が萎えてしまうのは健康な精神の持ち主なら当然のことである、というわけである。

「心が萎える」というのは、「しおれる」「しなえる」という意味と同義語で、一般社会ではあまりよくないこととされている。しかし、五木さんは言う。「萎えたり、しなびることで、折れずにすんでいるんです。だから萎えていいんです」

雪国では、木の枝に雪が積もると、その雪の重みに耐えかねて太い枝でも折れてしまうそうだ。ところが、柳や竹のように細い木は、雪が少し積もっただけで枝がしなえて雪をふるい落とし、またもとの状態に戻る。「そんな木を見ていると人間の心も萎えていいんだなぁと思うんです」

心が萎えたとき、人は大きなため息をつく。

教師をしていた五木さんの父親は、毎晩、晩酌が終わると、ごろっと横になって大きなため息を三つついていたそうだ。「今、その父親の年齢を超えてみると、あの時の父親のため息の意味が分かるような気がします」と五木さん。「ため息をつくということは、やりきれない、もう嫌だなぁということではなくて、ため息をつくことで、萎えた心をしゃんと元の状態に戻そうとしているんです。ため息にはいのちを活性化する力があるんです」と。

もう一つ、現代社会に対する五木さんの文学的なメッセージは「いのちの軽さ」だ。自殺にしろ、他殺にしろ、その動機はとても軽い。究極の選択をまず最初に考え、実行してしまう。なぜ、こんなにいのちが軽くなったのだろうか。

「心が乾いたからだと思います。乾いていると軽いですよね。水分を含んで、湿り気を帯びていると重くなります。カラカラに乾いたものに、さらに熱を加えますと焦げますね。焦げたものをぎゅっと握るとばらばらに壊れてしまいます。私たちの社会は今焦げ目がついているところまで乾いているのではないか。水分が必要です」

現代社会に欠けている潤い、水分、湿り気。これは一体何なのか。「一言で言うとそれは情ではないでしょうか。愛ではだめなんです。愛情が必要です。メル友といいますが、友だけじゃだめです。友情が必要です。熱があるだけではだめなんです。情熱が必要です」

戦後日本人は、「情事」とか「義理と人情」というように、じくじくした人間関係を嫌い、お互いのプライバシーに踏み込まないような、あっさりとした関係を好んだ。しかし、今日のようにカラッカラに乾いてしまった社会にはむしろ「情」という水分を補給して潤う必要があるという。

「そしてその湿り気は涙ではないか」と五木さんは言う。沖縄の歌手・喜納昌吉さんが「泣きなさい、笑いなさい」と歌った『花』という歌が最近大ヒットしている。70年代にリリースしたときには振り向きもされなかった曲だ。五木さんは「泣くことと笑うことは、対極にあるものではなく、涙を流すことは笑うことと同じくらい大事なことなのです」と訴える。

共に笑い、共に泣くということを人と人との関係の中に取り戻さなければ、と思う。萎えた心に大きなため息をつきながら、明日の日本を語ろう。

みんなドラマのように生きている

NHKの連続テレビ小説『ゲゲゲの女房』にハマった。

あのドラマに心惹かれた理由はいくつかある。第一に、人気漫画『ゲゲゲの鬼太郎』の原作者・水木しげる氏の波乱万丈の半生が描かれていることだ。

第二に、水木氏が極貧時代を経て、ようやく『ゲゲゲの鬼太郎』（最初は『墓場鬼太郎』）が週刊誌に連載されるようになり、やがてテレビに登場したとき、ちょうど僕自身、現役の小学生だったので、リアルタイムであの漫画を観ていたことだ。高度成長期に週刊誌やテレビで漫画に夢中になった世代にとって、あのドラマそのものが自分の少年時代の心象風景と重なり、郷愁にふけってしまう。

ドラマの中で、茂のお父さんが嫁の布美枝に、少年時代の茂の話をするシーンがある。茂は子どもの頃から変わり者で、集団生活ができず、いつもマイペースだった、と。

戦時中、南方戦線に送られた二十歳の水木しげる氏もそうだった。島に向かう船の中で、彼は甲板に出て監視を命じられた。夜、敵の潜水艦が放った魚雷が自分たちの輸送船に向かってくる。彼はそれを上官に報告せず、何発もの魚雷が輸送船スレスレに通り過ぎていくのを、「すごい、すごい」と興奮しながら見ていた。船から目的の島が見えたときは、雄大な南の海と、島にかかる夕日の美しさに見とれて上官から殴られる。

頭上ですさまじい空中戦が展開されているときは、「空の戦いは俺たち陸軍には関係ねぇ」と川辺で洗濯をしていた。

やがて島の原住民と仲良くなり、食べ物をもらうようになる。ちょうどキリスト教が島に入ってきたときで、原住民は彼を「パウロ」と呼び、慕っていた。終戦を迎え、帰還するときには、原住民から「島で暮らさないか」と誘われるほどだった。

生死の境を彷徨う最前線にあって、彼の生命力というか、運の強さは、そんな能天気な性格から来ていたのかもしれない。

もう一つ、あのドラマに感情移入してしまうのは、世の中が戦後復興の波に乗っているとき、水木氏は極貧の中で売れない漫画を書き続けていた。そんな中でも水木漫画に魅了され、応援してくれるファンがいたことだ。

みやざき中央新聞もそうだった。20年前に前経営者から引き継いだ。最初の数年間は給料など無いに等しかった。発行部数も500部くらい。それでも熱烈なファンがいて、励まされた。

ドラマの中で、「墓場鬼太郎」が『少年ランド』という雑誌に3回ほど連載されたが、読者の人気投票で最下位。そのときの『少年ランド』の編集長の台詞にぐっときた。

「……社内では打ち切りという声も上がっています。でもたとえ少数でも熱いファンがいる漫画はいずれ化けるというのが私の信念です。連載を続けます。『鬼太郎』はそれだけの器です」

戦争で精神的に病み、働かない男がいた。彼に言う茂の台詞もいい。

「戦争ではエライ目にあいましたなぁ。死んだ者たちは無念だったと思います。死んだ人間が一番かわいそうです。だから自分は生きている人間には同情せんのです。自分は貧乏してますが、好きな漫画を描いて生きているんですから、少しもかわいそうなことはありません。自分をかわいそがるのはつまらんです」

いい生活よりいい人生を

今、妖怪関連のビデオやアニメ、おもちゃがよく売れているそうだ。こうした「妖怪ブーム」は周期的に社会現象になるらしく、古くは江戸時代からあるという。世の中が少しおかしな方向に向かい始めると、人間社会を風刺するという意味で妖怪たちが騒ぎ出すのである。

その代表作といえば水木しげるさんの『ゲゲゲの鬼太郎』だろう。水木さんは南方の戦場で戦った経験を持っているせいか、マンガの中で「平和」「幸福」を問い掛けたものが多い。『妖怪へんげ・傘化け』もその一つだ。

「傘化け」は何百年も一人で静かに暮らしている妖怪だ。ある時、ねずみ男に住処を見つかってしまい、まんまと騙される。「お前は本当の幸せを知らない。人間に化けると幸せになるぞ」と。そして、1年前に死んだ「伊集院物産」の社長、伊集院寿太郎に化けるよう説得される。伊集院家の資産を狙ってのことである。

寿太郎の妻はボケているのか、夫について聞かれると、「あの人は長い旅に出ています。そのうち帰ってきます」と語っている。

ある日、死んだはずの寿太郎が玄関先に現れる。お手伝いさんはびっくり。しかし、妻は「お帰りなさい」と嬉しそうに迎える。久しぶりの夫婦水入らず。居間で妻が言う。「あなたに連れ添って50年。一番心配したのは戦死の知らせを受けた時でした。でも私は生きて帰ってくると信じていました。本当に帰ってきた時、これ以上の幸せはないと思いました。それから二人で頑張りましたね。とんとん拍子に仕事がうまくいき、会社は大きくなりました。でもあの頃みたいに幸せではありませんでした」

寿太郎に化けた傘化けはびっくりする。「なに？　お金持ちになったのに貧しいときのほうが幸せだったというのか？」「会社が大きくなってあなたは忙しくなって一緒の時間がなくなりました」


先日、障害者の生活自立を支援している財団法人「たんぽぽの家」の理事長、播磨靖夫さんの話を聞いた。播磨さんは「いい生活といい人生は別である」と話していた。

「ワイドショーは人の不幸を執拗に取材し報道しているが、いい生活を求めていけばいい人生はなかなか得られないし、いい人生を送っている人は必ずしもいい生活をしているわけではない。この二つを同時に得ようとするから不幸になるんですよ」

そして、明治時代の一人の医者の遺訓をいくつか紹介した。「仕事を金取りと思うから苦しいのだ。どんな仕事でもそれを天職だと思え」「仕事をして腹が空けば何でもうまい。おいしく食べることが一番のご馳走だ」。

「勉強に終わりはない。生きている限り学び続けよ」等々。

ところで、寿太郎に化けた傘化けはその後どうなったか。鬼太郎に見つかって懲らしめられるのだが、傘化けは「最後にもう一度だけあのじいさんに化けさせてくれ」と鬼太郎に頼む。再び妻の前に現れた寿太郎と妻の会話が実にいい。

「実は俺は死んでいる。お前と最後の別れができなかったから帰ってきたんだ」

「分かっていましたよ。あなたはそういう優しい人でしたから」

「今度はもう帰って来れないんだ」

「はい、もうすぐしたら私があなたのところへ行きますよ」

「だめだ。お前はまだ長生きしろ。俺はのんびり待っている」

「ありがとう」

心で生きるということ

「ぼくは体のハンディを持っているけど、健康で、明るい性格の人でも、もしかしたら人に言えない苦しみや悩みを抱え、葛藤しながら生きているかもしれない。そんな心にハンディを持っている人もいる。でもそれはみんなその人を成長させるために課せられた人生の課題なんじゃないか」

生後6ヵ月の時、脳性小児麻痺と診断され、以来、今日まで半世紀、自分のハンディと向き合って生きてきた丸山眞行さんの言葉だ。

自分のハンディに気がついた時、彼はまだ5歳だった。2つ下の弟が簡単にできることがなぜか自分にはできない。弟が上手に東京タワーの絵を描いているのに、自分が同じ絵を描こうとするとグシャグシャになってしまう。

「どうして自分はこんな体なんだ！」と親を責めた。反抗する幼子をただ黙って抱きしめた両親。まだ小学校にも上がらない少年は、「泣いても、わめいても、どんなにもがき苦しんでも、どうにもならないことだってあるんだ」ということに気がついた。そして心に決めた。「ぼくは心で生きる」

ふっ切れた丸山少年は小・中学校時代を比較的楽に送れた。自分のハンディを受け入れることで、相手の欠点が見えても許せたし受け入れられた。

トランプ、花札、将棋、タイプライター、外出がままならない彼は室内でできることなら何でも興味を持ち挑戦した。書道は10年続けた。自由にならない手で2、3文字書くのに20分もかかった。紙はすぐ破れ、体中は墨で真っ黒になった。その努力は尋常ではなかった。「くじけそうになっても、好きなことなら続けられる。『好き』という感情は、物事を継承し、上達していくために欠かせない力なんです」

大学を志したが、自分で車椅子を漕げない障害者を受け入れてくれる大学はなかった。高校の担任やボランティアの人たちが何度も足を運び頭を下げた。一校だけ受験を認めてくれる大学が見つかった。一人、別室で受験した。机ではなく床の上に置かれた答案用紙に向かった。結果は不合格だったが、挑戦した自分に納得ができた。その時から丸山さんは「自立」に向かって歩み始めた。

「自立って何ですか？」と聞いてみた。「自分の考えをしっかり持つこと。何をしたいのか、どう生きていきたいのか、自分の意思をきちんと相手に伝えられること」。その後、大学生たちと「和と輪の会」を作り、そのリーダーとして障害者の自立を目指した活動を展開。10年後には行政（小平市）の支援で「障害者福祉センター」の建設へと実っていった。

「生涯、ボランティアされるだけの立場ではいけない。仕事をして経済的にも自立していきたい」と思った。五体不満足な障害者がビジネスで成功するなんて空想の世界だと思われるかもしれない。しかし最初はみんな空想から始まっている。「鳥のように空を飛びたい」と思ったライト兄弟、グラハム・ベルが考えた電話、トーマス・エジソンの電球……、「こんなものがあればいいなぁ」という小さな空想が、想像力を駆り立て、そして夢の実現に向かう強い信念とたゆまぬ努力で歴史を変える発明につながっていったではないか。丸山さんも「やってみよう」と思った。

彼は今、ネットワークビジネスで成功している障害者の一人だ。旅行なども連れて行ってもらう立場から、自ら企画し、みんなを連れて行く立場になった。「人は体ではなく心で生きていくんだ。挫折しそうになっても夢の種だけは捨てないで」と言葉に力を込めた。

たまには社説で笑って下さい

放送作家の永六輔さんから聞いた話である。「これは沖縄サミット後、お偉い人たちの間で流れている噂です」と前置きして、こんな話をされた。

最近二千円札をあまり見かけない。実は大蔵省（当時）が二千円札の発行を控えているという。理由はあのお札に登場した「源氏物語」の絵巻き。二千円札は沖縄サミット開催を記念して発行されたもの。サミットで来日した各国の首脳や関係者に披露された。

そのときの各国首脳陣には知日派が多かった。ロシアの大統領は柔道の有段者、フランスの大統領は歌舞伎が大好き。実は知日派の外国人の間では「源氏物語」は日本を代表する古典的ポルノ文学として知られている。

「源氏物語」の舞台は平安時代の皇室。皇太子殿下である光源氏がいろんな女性と関係を持つ話が次から次に出てくる。知日派の外国人が言うには、「こんな話をお札にして今の皇室に失礼にならないのか」ということらしい。

「きっと絵柄を決める時、政府の閣僚の中にも、大蔵省の幹部の中にも、源氏物語を読んだことのある人が一人もいなかったんでしょう」「今、二千円札を持っている人、手放さない方がいいですよ。数倍の値打ちが出てくるかも。あくまでも噂ですが」と永さん。

噂話をもう一つ。森総理は英語が苦手で有名だ。しかし国際舞台である。「せめて挨拶ぐらいは英語で」と外務省スタッフからお願いされた。「ハウ・アー・ユー？（ご機嫌いかが？）」と言えば、「ファイン・サンキュ・ハウ・アー・ユー？（元気です。あなたは？）」と返ってくるから、「ミー・トゥー（私もです）」と言えばいい。ということで、森総理は「ハウ・アー・ユー？」と「ミー・トゥー」だけ使うことにした。

当日、クリントン大統領が笑顔で森総理に握手を求めてきた。森総理、とっさに「ハウ・アー・ユー？」が出てこない。思わず「フー・アー・ユー？（あなたは誰？）」と言ってしまった。大統領はびっくり。

「総理はきっとジョークを言っているのだ。ジョークにはジョークで応えなきゃ」とクリントン大統領。

「アイム・ヒラリーズ・ハズバンド（私はヒラリーの夫です）」と応えた。そこで我らが総理、すかさず言った。「ミー・トゥー」。あくまで噂だが、「あの人ならあり得る」とみんな思っている。

次は実話。永さんは携帯電話が大嫌い。電車の中で携帯電話で話している人を見るとムカつく。この間、新幹線に乗った。車内で携帯電話が鳴ったので、ちょうどやってきた車掌さんに「携帯電話を使わないように車内アナウンスして下さい」と頼んだ。

アナウンスが何度も流れた。しばらくして永さんの後部座席から携帯が鳴った。遂に永さんもキレた。振り向いて「車内では携帯は使うな！」と怒鳴ったら、「その筋」の人だった。たじろいだがもう遅い。親分らしきその人は携帯を掛けてきた相手に向かって「バカヤロー！　俺が今どこにいると思うんだ？　俺に恥をかかせる気か！」と怒鳴った。そして「すいません、こいつが謝るそうです」と永さんにその携帯を渡した。

永さんが携帯を耳に当ててると、電話の向こうの子分らしき人がしきりに謝っている。そこへさっきの車掌がやってきた。携帯を掛けている永さんを見つけて言った。「すいません、お客さん。車内では携帯電話はご遠慮ください」

暗い話が多い世の中、こんな笑いが心を和ませる。

人生のど真ん中に「ありがとう」を

年も押し迫った12月某日、小林正観さんの講演を聴きに行った。いろんなお話の中で、特に印象に残った話を紹介しよう。

中年の女性から正観さんのところに電話があった。夫が脳腫瘍を患い、医者から余命2年と告知されたという。奥さんは「大変です、正観さん。医者からこう言われたんです。私はどうしたらいいんでしょう」。気が動転している様子だった。沈着冷静な正観さんはこう尋ねた。

「で、何が問題なんですか?」

「何が問題なんですか。って正観さん、夫がもう助からないと言われたんですよ」

「それは分かりました。で、あなたは夫の病気を何とか治したくて別の病院をどこか知らないか、私に聞こうとして電話をしてこられたのですか? それとも自分が落ち込んでいるから励ましてほしくて電話をしてこられたのですか?」

はて? 返答に困った奥さん。しばらく考えた後、「落ち込んだ私を何とかしてもらいたくて電話をしたんだと思います」と答えた。だったらこうしたらどうでしょうか、と正観さんはアドバイスした。

少し今までの自分を振り返ってもらった。彼女は手に職を持っていたのでとても忙しい日々を送ってきた。夫をないがしろにしてきたというか、夫との関係は希薄なものだったそうだ。

「それならこれからの2年間、精一杯尽くしてあげたらいいですよ。旦那さんから『君と結婚してよかった。特にこの2年間は幸せだった。病気になってよかった。ありがとう』と言われる妻になりましょう。末期がんなんて治そうと思わないほうがいいですよ」と正観さん。電話をする前と電話をした後では、状況は何も変わっていないが、彼女の気持ちは大きく変わった。

そういえば、かのマザーテレサも同じようなことを言っていた。マザーテレサは、道端に横たわっている、今にも死にそうな人を施設に収容して手当てをしてあげた。そういう人がカルカッタの街には星の数ほどいる。砂に水を注ぐような活動だった。

ある新聞記者が「あと数日しか生きられないような人を介護してますけど、そんなこと無意味じゃないですか？」と質問した。マザーテレサは変わらぬ表情で言った。

「私は治そうとしているのではないんです。このまま死んでいったらこの人は生まれてきたことを恨むだけでしょう。私はせめて最期の時間、『人間として生まれてきてよかった』と思ってもらいたいんです」

人間の尊厳というものはそうやって与えられていくものなのだろう。まさに終末期ケアの精神、ホスピスの原点だ。ただ、マザーテレサは歴史に残る崇高な宗教者。彼女のような活動は誰にでも真似できることじゃない。

でも、正観さんの話を聞くと、誰にでもできそうな気がする。逝く人も幸せになるし、看取る人も幸せを感じることができるのではないだろうか。「人間の尊厳の為に……」などと言うと、ちょっと構えてしまうけれど、「ありがとう」と、お互いに言い合える人間関係を築きさえすれば、等身大の幸せを感じるものである。

人生のど真ん中に「ありがとう」を……。

6の章

思いやり
心づかい
愛

しゃべりまくって超えていく

「事の重大さと言葉のあいまいさは大衆不安と比例する」

ラジオのインタビューでこんなことを話していた専門家がいた。重大な出来事が起こり、それに対してあいまいな言葉が横行すると大衆心理は不安に満ちてくるという。

たとえば、未曽有の大震災がもたらした原発事故。福島県産の葉物野菜に対して、「暫定規制値を超える放射性物質検出」と、新聞は大きな見出しを付けながら、記事の中では「将来にわたって健康に害を及ぼす影響を与える数値の摂取がなされることは想定されていない」という専門家のコメントを紹介。

「危険だ」と断言したら大パニックになる。かといって「心配ありません。大丈夫です」と言い切れるほど事態は甘くない。やはり言葉はあいまいになってしまうのか。

阪神淡路大震災から半年過ぎた頃、元京都新聞社の記者で、男性のメンタルサポートの活動をしている「メンズセンタージャパン」の運営委員である中村彰さんが、被災地の宝塚市で講演をしていた。講演後の質疑応答で一人の女性がこんな話をした。

「先生、私の周りにいる男の人たちが最近とても元気がないんですけど、どうしたもんでしょうか?」中村さんは答えた。「あの大震災から半年もの間、みんな瓦礫の中から頑張って、頑張って、頑張ってきたんだから、そりゃ疲れますよ」すると、その女性はまたマイクを持ってこう言った。「でもですね、私の周りにいる女の人たちはみんな元気がいいんですよ」と。この言葉を聞いて、「これは何かある」と中村さんは思った。しばし参加者と意見交換をした。そして、ある結論に達した。


阪神淡路大震災から半年間、女たちが一生懸命やってきたのに、男たちが全くやらなかったことがある、ということに気づいたのだ。それは何か。ズバリ!「おしゃべり」だった。

大震災のときの恐怖心、その後の不安や悲しみ、避難所生活のつらさ、生活の不自由さなど、心の内側にはマイナスの感情が複雑に入り乱れていた。

そんな中、女たちはどこかで誰かに会うと、その胸中を話した。避難所で知り合った人に、地域の知り合いに、職場の同僚に、趣味のサークル仲間に、長年付き合ってきた友達に、全国にいる親戚や同級生に……。しゃべって、しゃべって、しゃべりまくって、半年が過ぎた頃、「頑張らなきゃ！」という気持ちになり、元気を取り戻していった。

一方、男たちは、同じような心の葛藤はあったものの、ただひたすら忍耐と根性で、「頑張れ！」「頑張ろう！」と自らを鼓舞し、復興に立ち向かっていた。そして半年が過ぎた頃、「疲れたぁ〜」という精神状態になっていった人が多かったそうだ。

「頑張ろう、日本」、これは被災していない人たちの掛け声としてはいい。しかし、被災地には、心の中に入り乱れるマイナスの感情をしゃべって、しゃべって、しゃべりまくる場が必要だ。同時に、聴いて、聴いて、ひたすら聴いてあげる人も……。

今回の大震災、メンタル面で一番力を発揮できるのは阪神淡路大震災を経験した人たちではないかと思う。「頑張ってください」という言葉も、我々が言うより、その人たちが言うほうがずっしりと重い。

若々しさは立派な社会貢献になる

放送作家の永六輔さんが以前、「老いを考える」というテーマで講演されたのだが、この話がとても面白かった。

永さんは子ども時代にいじめられていたみたいで、自分をいじめた連中に会いたくないという理由で、同窓会には一度も出席したことがなかった。

しかし、還暦を過ぎて、自分の周りから親しい友人が一人、また一人と亡くなっていくのを見ながら、昔の友人とも仲良くなっておこうと思い立ち、同窓会に初めて顔を出した。そのときの話である。

半世紀ぶりに旧友たちと再会して驚いたのは、老け方が一人ひとり違うことだった。自分と同じ歳なのに若々しい人もいれば、かなり老け込んでいる人もいる。とても同級生とは思えない。

「あの頃、確かに自分はいじめられていたけど、中には自分をかばってくれた奴もいた。そいつにだけはお礼を言っておこう」と永さんは思った。そいつが来た。

でも名前が出てこない。とりあえず「いやぁ、久しぶり」とあいさつした。永さんは言った。「お前に会いたかったよ。お前にどれだけ世話になったか。お前がいてくれたお陰で俺は不登校にならずに済んだ。本当にお前には感謝してる」彼は奇妙な顔をした。もしかしたら自分のことを忘れたのかもしれない。「お前、俺を忘れたのか？」と聞いた。すると彼は言った。「お前、お前って言うなよ。俺はお前の担任だったんだぞ」。永さんはびっくりした。それくらい先生は若々しかった。

このとき、永さんは思った。「みんな歳を取るのは平等だけど、老け方には個人差がある」と。確かに、世の中には若々しい80歳もいれば、妙に老け込んでいる40歳もいる。

作家の中谷彰宏さんの話によると、実年齢よりも10歳若く見えるのは何と言っても「姿勢」だという。歩くとき、立っているとき、普段から腰骨を立て、背筋を伸ばしているだけで若々しく見えるそうだ。

それから、文化に触れること。映画を観る、美術館に行く、お芝居を観る、俳句や短歌を楽しむ、読書をする、小物を作る等々、こういう文化的なものに触れている人は、いくつになっても若々しいオーラがある。

それはきっと脳が柔軟だからだろう。脳が柔らかいと右脳と左脳の連携がいいのだ。そういう人は同じ話を繰り返さない。そして好奇心が旺盛で、新しい考え方や異なる価値観にも心を開ける。

脳がそういう柔軟さを失ってしまうと、自分の考えを曲げないし、新しい価値観を受け入れないから、同じ話を繰り返し、人付き合いも狭まり、時代にも取り残されてしまうので老け込む速度が速くなるそうだ。

別に、「若さ」に価値があり「老い」は人生にとってマイナスと言っているわけではない。「若々しさ」はその人の人間的魅力の一つになり得るということだ。

若々しい人がいると、その場の雰囲気が明るくなる。脳が柔らかいので会話も弾む。文化に触れているので話も面白い。高齢化社会といっても、みんなが若々しいと社会全体が明るくなる。そうだ、これは立派な社会貢献になる。

勇気を出して「ありがとう」「ごめんね」

前作『日本一心を揺るがす新聞の社説』の中に「抱っこの宿題」という話が載っていた。とある小学校で、先生が「今日はおうちの人に抱っこしてもらってきてね」という宿題を出した。こはるちゃんは家族みんなから抱っこしてもらったが、クラスの中にはその宿題をしてこなかった児童もいた。担任の先生はその子たちを前に並べて、一人ひとりぎゅっと抱きしめてあげたという、感動的な話である。

「この話に衝撃を受けました」と数人の女性がメールを送ってきた。「感動しました」ではない。「あのときは仕事が忙しくて…」とか「すぐに2人目ができて…」と、我が子を十分に抱っこしてあげられなかった負い目を感じた女性たちからだった。子どもたちはもう成人し、立派な社会人になっている。しかし、母親としては、もうやり直しのできない子育て期を振り返ると、胸が痛くなるという。

ふと、野口嘉則さんの『鏡の法則』という本を思い出した。

経営コンサルタントと称する男性が、いじめにあっている小学生の息子のことで悩んでいる母親にあれこれアドバイスする物語である。

息子の相談だったのに、話をしていくうちに母親自身の話になっていく。この男性は母親に「大切にすべき人を責めたり、感謝すべき人に感謝していなかったり、許せないという気持ちを持っていたりしていませんか？」と質問する。彼女は父親のことを思い出した。コンサルタントの男性は言う、「お父さんに対する気持ちを紙に書きなぐってください」。彼女は、独善的な父親の言葉にどんなに傷ついてきたかを書いた。

次に言われたのは、「お父さんに感謝できることを書いてください」。彼女は、家族の為に一生懸命働いてくれたこと、公園に連れていってくれたことを書いた。

次に、「謝りたいこと」を書くように言われる。彼女は心の中で父親に反発し続けてきたことを書いた。

最後に、「あなたの人生で一番勇気を使う場面かもしれませんが、今書いた『感謝できること』と『謝りたいこと』をお父さんに直接伝えてください」と言った。ただ、「心がこもらなくていい。紙に書いたことを棒読みするだけでいい」と言うので、彼女は「それならできるかも」と思って、父親に電話を掛けた。「お父さん、あのね、お仕事、大変だったよね」「よく公園に連れてってくれたよね」「いろいろ反発していたけど、ごめんね」みたいなことを言った。

父親は無言だった。突然母親に電話を替わった。「あんた、お父さんに何を言ったの！　お父さん、泣き崩れているよ」。受話器の向こうから父親の嗚咽《おえつ》する声が聞こえてきた。

その後、息子へのいじめがぴたりと止んだ。彼女は、息子に起きていたことは自分の心の「鏡」だったことに気づく。

子から親へでもいい、親から子へでもいい。「ごめんね」「ありがとう」の言葉はお互いの心を溶かす。何歳になってからでも感情のやり直しはできる。

冒頭に紹介した「抱っこの宿題」を出した福岡県の横山真由美先生から出版社宛てに「退職しました」というお便りが届いた。「……最後の1年間は自分の体力に限界を感じ、納得のいく子ども達とのふれあいもできないままの退職を選んだ自分でした。『せんせい』と呼ばれていた私を本の中に残していただき、感激しています……」

横山先生、今度は自分自身をぎゅっと抱きしめてくださいね。

お墓の前で「いのちのまつり」

『ザ・シークレット』というDVDがものすごい人気だと聞いて、レンタルショップで借りて観た。この映画の根底に流れている思想は「引き寄せの法則」。自分の想い、考え、言葉、行動は、それと共鳴するものを引き寄せる。だからプラス思考やプラスイメージ、プラス感情など、ポジティブな生き方を心掛ける大切さを訴えている。

とある講演会で、この「引き寄せの法則」の話を紹介したところ、講演後の質疑応答で一人の女性が手を挙げた。「私の娘は10年前、20歳のとき、飲酒運転の車にひかれて亡くなりました。娘の何が事故を引き寄せたのでしょうか。親孝行で、友達思いのいい子だったんですよ……」と言って泣き崩れた。

「しまったぁ」と思った。新しい考え方に出会ったとき、自分が学ぶのはいいが、人に軽々しくしゃべるものではないと後悔した。その後、なだめることで精一杯で、その人を納得させられる対応ができず、苦しかった。

数ヵ月後、『いのちのまつり』と題したイベントで、同名の絵本を描いた草場一壽《かずひさ》さんとフリーアナウンサーの副田ひろみさんのトークライブを聴いた。

2人の出会いは強烈だった。数年前、草場さんの出版記念イベントでのこと。第一部は草場さんの講演、第二部は副田さんが草場さんの絵本を朗読することになっていた。

講演の後、会場から「どんな子育てをすればいいですか?」という質問があった。草場さんは即答した。「『ありがとう』と『ごめんなさい』が言える子どもに育ったら子どもも百点満点、育てた親も百点満点だと思います」。舞台の袖にいた副田さん、この話を聴いた瞬間、「アナウンサー」から「母親」にスイッチが切り替わり、号泣し始めた。

実はその数年前、副田さんは、大学を卒業して就職したばかりの息子さんを23歳の若さで亡くしていた。交通事故だった。

亡くなった翌年の1月2日、初夢に息子さんが出てきた。副田さんは「何してたの? お母さん、心配してたのよ」と言うと、息子さんはお母さんに「ありがとう」と、ただそれだけを言って、友達とどこかに行ってしまった。

朝、娘が「お兄ちゃんの夢を見たよ」と言う。お兄ちゃんが友達と楽しそうに話をしていたので、メールをしたら、お兄ちゃんからすぐ返信が来て、そこには「ごめんな、ごめんな」と書かれてあったそうだ。

副田さんは思った。「息子は私に『23歳で死んでしまってごめんなさい』と、『23歳まで育ててくれてありがとう』の、この二つのメッセージを言おうとしたんだ」と。

その思いを大切にしていた副田さんだったので、初対面の草場さんから「『ありがとう』と『ごめんなさい』が言える子どもに育ったら子どもも百点満点、育てた親も百点満点」と言われたもんだから、一気に涙が溢れ出し、絵本の朗読ができなくなってしまったというのだ。

草場さんは沖縄で「いのちのまつり」を知った。沖縄ではお墓のご先祖さまにお供えしたものを、一年に一度、墓参した後、そのお墓の前で食事をするそうだ。「いのちの祭り＝ヌチヌグスージ」だ。そこにはこんな思想が流れている。「生きている人が幸せになること、それが亡くなった人に対する一番の供養である」

人は分かってくれる人を求めてる

友人の友人が結婚詐欺に遭った。30代後半の女性。結婚願望が強かった。男は大学病院の医者。気が合うし、話をしていても楽しい。恋愛モードに入った。

友達は心配した。なぜかと言うと、たとえばデートの待ち合わせ場所にいつも自転車で来た。食事をするとき、支払いはいつも彼女だった。彼女は自分の両親に彼を紹介したのに、彼のアパートにさえ行ったことがない。そんな話を聞いていたからだ。

友人の一人が、その大学病院に電話をして、そういう医者がいるのかどうか確かめた。案の定、「その名前の医者はいません」と言われた。その事実を彼女に伝えた。

彼女は、彼が医者であるかどうかなんてどうでもよかったという。彼女は、ただ彼が好きだった。自分のことをよく分かってくれる人だったから。結局、結婚話は流れたが、恋をしたこと、それが破局に終わったこと、この二つの事実だけを受け止めて、彼女はまた人生を再スタートさせた。

マスコミで「振り込め詐欺事件」などが報道される度に、「なんで騙されるんだろう」と思う。だが、被害者は後を絶たない。なぜか。これは「騙された」と考えるより、「信用してしまった」と考えたほうが理解しやすい。

「騙しのテクニック」を研究している石井裕之さんの『一瞬で信じこませる話術～コールドリーディング』によると、「詐欺師は自分を信用させる技術を持っている」そうだ。つまり、その技術を悪用すれば、誰でも「占い師」や「霊能者」になれる。だから「騙しのテクニック」は今まで公開されることはなかった。

しかし、これほどまでに騙される人が多くなっている現状を憂い、石井さんは逆に「騙しのテクニック」をみんなに教えることで、騙される人が少なくなるのではないかと考えた。それで、近年、「コールドリーディング」に関する著書を出版した。

「コールドリーディング」とは、初めて会ったのに相手の過去、現在、性格、悩みなどを読み取っているように錯覚させる技術のことで、「ニセ」が付く占い師や霊能者、詐欺師らが使っているそうだ。

たとえば、初めて会った人の目をじっと見て、「あなた、前からやろうと思っているのにまだ手をつけていないことがあるでしょ?」とか、「以前、熱心にやっていたのに途中でやめてしまったものがありますよね?」なんて言われると、誰だって、「なんでこの人、私のことが分かるの?」と思ってしまい、次の瞬間、自分のことを分かってくれているその人を信用してしまうのだ。だからまんまと騙される。

興味深いのは、コールドリーディング(騙しのテクニック)は「善用」できるということである。

飲み屋で暗い顔をした人に出会ったら、「もしかしたら職場の人間関係で苦労してるんですか?」など、誰にでも当てはまることを言って、相手が「そうなんです」と心を開いてきたら、「でも、大丈夫。今年の後半から来年にかけていい出会いがあり、そこから運勢が上昇していきますよ」なんて言うと、気持ちが明るくなり、プラス思考になっていく。そしたらその人は自分の力でいい出会いを引き寄せるはずだ。

しかし、人は「分かってくれる人」を求めているのに、自分を理解してくれる人は意外と少ないものだ。だったら、あなたが、夫、妻、子ども、同僚、友だちの「分かってあげる人」になればいい、と石井さんは言う。

今日から、「そうだよねえ。分かるよ」、これを口癖にしましょう。

奇跡のような出会いに感謝して

目が覚めたら生きていた。朝起きたらもうご飯ができていた。窓を開けたら美味しい空気があった。毎日ご飯が食べられる。買い物に行ったら欲しいものが買えた。美味しいものを食べて美味しいと感じる。結婚して子どもが生まれた。子どもがすくすく育っている……。

「こんなこと、当たり前だと思ったら大間違いです。世の中に当たり前のことはたった一つしかないんです。それは、産まれてきたすべての命には必ず終わりがあるということ。それだけが当たり前のことで、それ以外のことはすべて奇跡なんですよ」助産師の内田美智子さんがこう話していた。

内田さんはこの年末から年始にかけて、連日新しい生命を取り上げた。その母親の中には15歳の少女もいた。

分娩室でその少女は「痛い、痛い！」と泣き叫びながら、やっとのことで3000グラムを超える大きな赤ちゃんを産んだ。妊娠に至った経緯には言うに言えない事情があった。しかし、産まれたばかりの赤ちゃんを抱きながら少女は「ママよ、私がママよ」と何度も語りかけていたそうだ。

しばらくして、ずっと寄り添っていた30代後半だろうか、40代前半だろうか、若くして祖母になったばかりの母親に向かって彼女は言った「ママ、ありがとう」

同じ頃、国会議員の野田聖子さん（50）が不妊治療の末、男の子を出産した。「15歳だろうが50歳だろうが、中学生だろうが国会議員だろうが、生まれてきた子は乳飲み子。手がかかるのは同じ。周囲のサポートは同じように必要です」と内田さんは言う。

30年以上もお産の現場にいる。そこは「おめでた」ばかりではなかった。死産もある。ある妊婦は、10ヵ月目に入って胎動がしなくなったことに気が付いた。診察の結果、胎児は亡くなっていた。でも、産まなければならない。

普通、お産のとき、「頑張って。もうすぐ元気な赤ちゃんに会えるからね」と妊婦を励ますが、死産のときには掛ける言葉がないという。泣かない子の代わりに母親の泣き声が分娩室に響き渡る。

その母親は内田さんに「一晩だけこの子を抱いて寝たい」と言った。真夜中、看護師が病室を見回ると、母親はベッドに座って子どもを抱いていた。「大丈夫ですか？」と声を掛けた看護師に、母親は「今、お乳をあげていたんですよ」と言った。見ると、母親は乳首から滲み出てくる乳を指に付けて、子どもの口元に移していた。

「このおっぱいをどんなにかこの子に飲ませたかったことか。泣かない子でも、その子の母親でありたいと思うのが母親なんです。何千年の時を経ても母親は母親であり続けるんです」と内田さん。

妊娠が分かってから女性は約10ヵ月の月日を経ながら、少しずつ「母親になる」という決意をしていく。それは、自分の命を懸けて産むという決意だ。

父親・母親世代に内田さんは、「子育ては時間が取られるなんて思わないで。育てられるだけでも幸せなことなのよ」と語り、学校に呼ばれたときには、「お母さんは命懸けであなたたちを産んだの。だからいじめないで。死なないで」と子どもたちに訴える。「命が大切なんじゃない。あなたが大切なの」と。

感情の運動不足に陥ってませんか

先週の朝日新聞土曜版「be」に、気になる記事を見つけた。『悩みのるつぼ』という人生相談の欄。この日の担当は作家の車谷長吉さんだ。

相談は20歳の女子学生からだった。今まで3人の男性と出会い、交際もしてきた。結局、恋愛は3回とも破局。その後、彼女は気が付いた。自分は「好き」という気持ちが分かっていなかった、と。

回答者の車谷さんは、自分の恋愛体験を語った後、「好きという感情は男女ともに相手とまぐわい（性交）をしたいということ。あなたはまだそう願っていないけど、いずれ願うようになる可能性は高いが、一生願わなくても困りません。プラトニック・ラブもいいもの……」と答えておられた。

ぼくは今、短大で講師をしているのだが、授業の後に「何でもいいから質問して」と、質問用紙を配っている。その中で毎年、「人はなぜ人を好きになるのですか？」とか「好きってどういうことですか？」という質問が寄せられる。ぼくは、異性を好きになることの意味について、五つの観点から問い掛けた。

まずは哲学的な意味。人間は元来愛されるべき生き物だ。ただ「愛される」という行為は受動的で、自分の意思ではどうにもならない。でも、愛されるためにできることがある。その人の為に心を込めて自分にできることをすることだ。しかし、その人から、「なぜ私の為にここまでしてくれるんですか？」と聞かれたとき、「あなたから愛されたいから」とは言わない。何と言うか。「あなたが好きだから」。そう、「好きになる」という心の衝動は、「愛されたい」という人間の本能から出てくるのではないか。


次に、社会学的な意味。人間が形成する最も小さな社会が「家庭」である。この「家庭」が増えていくことが地域社会の発展に繋がる。しかし、その前に必要な手続きが「結婚」だ。この難所を突破できるのは、「自由気ままに生きたい」という気持ちより、「この人と一緒になりたい」という気持ちが大きくなった男女だけだ。そう思える気持ちが、「どうしようもなく好き」。社会の発展にこの感情はとても重要だ。

三つ目は、「新しい自分との出会い」。誰かを好きになる前と、なった後ではまるで別人である。誰かを好きになると、新しく見つけた自分の人生にワクワクする。

四つ目は、人として成長する過程で必要な感情だということ。人を好きになると、優しい気持ちになれるし、思いやりの気持ちが大きくなる。告白して上手くいっても、途中で壊れても、片思いのまま終わっても、精神的にはすごく成長する。

五つ目は、「人を好きになることに理由などない」である。これは韓流ドラマ『冬のソナタ』での「ヨン様」のセリフ。思いを寄せる女性には婚約者がいた。ヨン様は彼女に「彼のどこが好きなの？」と質問する。彼女は彼の長所をたくさん並べる。それを聞いてヨン様が、「じゃあ僕のどこが好き？」と質問。唐突な質問に彼女が戸惑っていると、ヨン様は言う。「答えられないでしょ。本当に好きなときは理由なんてないんですよ（笑）」。彼女のハートを掴んだ名ゼリフである。

ところで、「好き」という気持ちが分からないのは、間違いなく感情の「運動不足」だろう。日頃から小説を読んで泣いたり、映画を観て感動したり、新聞を読んで怒ったり、友達とバカ話をして大笑いしたり、こういう感情の起伏が日常生活に欠けているのではないか。

人を好きになるということは、世界平和の為に活動するくらい、大切で、尊いことだと思う。

男の中で「少年」がうごめいている

タレントの武田鉄矢さんがラジオでしゃべっていた。行き付けの飲み屋で飲んでいたら、カウンター席からこんな会話が聞こえてきたそうだ。

先輩・後輩とおぼしき2人のサラリーマン風の酔っ払い。若年の男が言う、「なんか、最近家庭に安らぎがなくて……幸せになりたいっすよ」。すると先輩が言った、「それは違うぞ。お前、幸せを探すからいけないんだ。幸せは探すもんじゃないいんだ。何気ない風景の中に発見するものなんだよ！」

それを聞いて、若い男は言った、「そう言えば、この前、営業で訪問した家に若い奥さんがいて、ジーンズ姿だったんですけど、俺の名刺を受け取った後、台所に鍋の火を止めに行ったんですよ。そのとき、ジーンズの腰の隙間からチラッと見えたんですよ、紫色の下着が……」

「お前、幸せだなぁ。幸せってそういうものなんだよ！」「そうだったんですねぇ！」と頷きながら、若い男はグラスの酒を飲み干した。

時々、男というのは動物の「馬」と「鹿」が合わさった、単純な生き物だなぁと思うときがある。一体男たちは、いつ、どうやって「大人」になるのだろう。何歳になっても男たちの潜在意識の中には「少年」が住み着いているような気がする。間違いなく体は成長し、頭脳は賢くなっているのに、「思春期頃の少年」が心の中にうずくまっているのだ。

精神科医の鈴木龍さんはそれを「永遠の少年」と呼んだ。（鈴木龍著『永遠の少年はどう生きるか〜中年期の危機を超えて』／人文書院）

女性は歳を重ねながら変身し、進化する可能性を秘めている生き物だ。思春期に乳房の膨らみと初経を通して少女時代にサヨナラをする。結婚すれば生活環境は一変するし、子育てが始まればある程度の自己犠牲を覚悟する。また子どもの保育園・幼稚園時代から高校まで、それぞれの入学式・卒業式という子どもの「成長の節目」に同席することで、自分の成長も実感する。

一方、男の子の第二次性徴は、女性の生理と違い、性的欲望と一対になって始まり、それ以降も大人への階段を上ることと、性的な快楽を求めることは切り離すことができない。中学時代、修学旅行で「女風呂を覗きたい」という好奇心を誰もが持ち合わせていたと思うが、それは歳と共に衰えるどころか、その後もずっと健在である。

さらに、子育てをしていないと、子どもと共に成長する機会がなく、忙しく現役時代を仕事と遊びで突っ走った男たちは、定年を迎えたとき、「玉手箱を開けた浦島太郎」状態になることも珍しくない。ある意味、切なく、もの悲しい。

先日、子育て中の母親に悩みや夢を聞いた。「夫に言いたいこと」では、「服や靴下を脱ぎっぱなしにしないで」「テレビを観ながらモバゲーをしないで」「家中の電気をつけっぱなしにしないで」等々、小さな不満がたくさん出てきた。注意されると、余計に腹を立て、言うことを聞かないという。それって「少年」である。

度を超えると、悪いと分かっているのに飲酒運転を繰り返したり、気に食わないというだけで暴力を振るう「非行少年」も昔からいる。また、強さ（権力）を笠に私利私欲に走って新聞沙汰になる「エリート少年」もたまにいる。大切にされてこなかった少年時代の記憶が「反抗期」を呼び起こしているのだろうか。

がむしゃらに夢を追い続けている足をふと止めて、何気ない日常の風景の中で大切な人と向き合ってみよう。そこに笑顔が見えたら、「自分の中の少年」もきっと大人びた顔をしているはず。成長した分だけ幸せが見えてくる。

夢を見させてあげられる人に

毎日新聞のコラム『女の気持ち』にこんな投稿記事を見つけた。投稿者は福岡県に住む女性。5年ごとに行われる国勢調査の調査員をしているそうだ。調査員は一軒一軒訪問して、家族構成や職業、年収などを記入する調査票を配布し、後日それを回収する。快く受け取ってくれる人ばかりじゃない。嫌味を言う人もいれば、罵声を浴びせる人、協力してくれない人など、いろんな人がいて不愉快になることも多い。それでも彼女はめげずに、何とか頑張って今回の調査を終えた。

彼女のコラムはここからが面白い。調査員をやった報酬で何を買おうかと思い悩んだ。あれだけ苦労して得た臨時収入だから、価値あるものに使いたいと思った。

5年前の国勢調査の時には、もらった報酬で家族5人が集えるコタツを買った。あれから5年の歳月が流れ、当時、幼かった子どもたちも大きくなり、そのコタツも小さく感じるようになった。そして、今回の報酬の使い道はどうしよう？

と考え込んだ。彼女の年齢は42歳。これまで一生懸命仕事に、子育てに頑張ってきた。いつも笑顔だけは絶やさなかった。だから今回は自分へのご褒美ということで、笑顔をつくってきたこの顔にエステをしようかなぁとも考えた。

で、結局、彼女が買おうと決めたものは何だったか。彼女は言う、「ほんの少し生きることの苦悩を知り始めた子どもたちが、せめて楽しい夢を見ながらよい眠りにつけるよう、そして夫も私もそれぞれに、誰にも邪魔されない自分だけの夢の世界を持てるよう」ということで、彼女は家族一人ひとりに「枕」を買うことに決めたのだ。

夢には、睡眠中に見る視覚像としての夢と、将来実現させたいと思っている夢と、二つある。なぜか、英語の「ドリーム」も、この2種類の意味を兼ね備えているから不思議である。

「夢を見る」ということは、とても素敵なことだ。だが、それ以上に「夢を見させてあげる」、そういう人がいることはもっと素敵なことだと思う。睡眠中に見る夢の場合、安らぎや安心感のある環境をつくってあげるということだし、将来の夢の場合は、未来に向かって歩んでいる人を応援するということだ。それは子どもに対する大人の姿勢でもある。

今、「夢を見る」ということは、両方いずれの意味においてもなかなか厳しい現実がある。考えてみると、私たちが戦後、一生懸命頑張って働いてきたのは、自分たちの夢の実現のためであった。その夢とは、次の世代に、夢を見させてあげる環境をつくることだったのではないだろうか。

「お前ら、夢はでっかいほうがいい。大きな夢を持て！」と、しばしば大人が子どもに言う。「夢を持て！　と言われてもなぁ」と、今の子どもたちは思っているかもしれない。今の子どもたちが大人になることに、どんな喜びがあるのだろう。今の子どもたちが社会に出て行くときに、どんな素晴らしい世界が広がっているのだろう。

そう考えると、正直、私たちは今、そういう未来を準備しているのか疑問になる。不安や心配事をたくさんつくっているのではないだろうか。

平和をつくるということは、楽しい夢を見ながらよい眠りにつける環境をつくることだし、経済や科学技術を発展させるということは、夢のある社会をつくることだったはずだ。私たちは一体どこで方向を間違ったのだろう。

いや、でも大丈夫だ。この本を読んでいる人は、きっと「夢を見させてあげる人」だと思うから。

「守る」が好きだけでいいのか

36年前、子どもだけでなく、青年たちをもテレビの前に釘付けにしたSF長編アニメ『宇宙戦艦ヤマト』が、実写版として復活した。主人公の古代進を演じるのはSMAPのキムタクだ。ポスターを見たが、あまりにもかっこよくて、ため息が出た。

大日本帝国海軍が建造した、あの「戦艦大和」をもじったタイトルは日本人のDNAを呼び起こすのに十分だ。また、「国や地球、愛する人を守るために」というフレーズはいつの時代も男たちの正義感を奮い起こす。それに加えて主演がキムタクだから世の女性たちも黙ってはいない。かくして、実写版『宇宙戦艦ヤマト』は老若男女、いろんな人たちがいろんな思いで観たことだろう。

「守るために」と言えば、先の戦争も国を守るため、愛する人を守るために男たちは戦った。そして戦後も男たちは「企業戦士」となり、安定した平和な暮らしを守るために必死に働いた。

「男は『守る』が好き。幼少期から愛する人や地球を守るために闘う物語に数多く接している。いつも『守ること』と『闘うこと』がセットになっている。でも好むと好まざるとにかかわらず男の『守る』はカラ手形になりがち。『守る』はやめたほうがいい」と言うのは、『平成オトコ塾』の著者・東京経済大学准教授の澁谷知美さん。

あるお父さんが出張する日の朝、5歳の長男に「お前は男だからママとお姉ちゃんを守るんだぞ」と言った話がある。もちろんその5歳児は「分かった」と答えたそうだが、そうやって男の子は「男」になるためのモチベーションを「守る」という言葉で植えつけられてきた。

男子を研究テーマにしている澁谷さんは、戦後の日本の男性が女性にプロポーズするときや結婚するときに使う「キミを守る」「家族を守る」という言葉には二つの意味があるという。一つは、経済的なサポート、もう一つは情緒的なサポートだ。この二つのサポートをどう考えるかで、「守る方法」は二通りに分けられる。

一つは、男が仕事を頑張って家族を経済的にサポートすることで、結果的に情緒的にもサポートする方法である。この場合の「守り」の供給源は仕事。とにかく仕事を頑張って、お金をたくさん稼いで、平和で安定した生活を守る。ただ、供給源が仕事しかないので、これを澁谷さんは「単線型守り」と呼んでいる。

もう一つは「複線型守り」。これは仕事で経済的なサポートをしながら、情緒的なサポートは別の手段でやる方法だ。たとえば、できるだけ早く帰宅して家事や育児を手伝ったり、子どもと接する時間や夫婦の会話の時間を意識して取ろうと努力する。

しかし、この二つの方法はいずれもうまくいっていない。

「単線型守り」の場合、お父さんが仕事一筋になりがちで、それで経済的サポートはできても、家族の情緒的サポートはできないのに、お父さんはそのことに気がついていない。さらに、供給源が仕事しかないので、失職したら最後、父親の権威も自信もプライドもすべて失墜してしまう。

「複線型守り」の問題点は、家族と接する時間を極力作りたいと希望していても、仕事と生活の両立を阻む職場環境がまだまだあるということだ。

国もキムタクパパに主演をお願いして実写版「ワーク・ライフ・バランス」の映画を制作したらどうか。老若男女、いろんな人たちがいろんな思いで観ることだろう。お父さんの「消費期限」が切れる前に。

本を読み解く力は心なり

『寄席芸人伝』（古谷三敏著）の中にこんな話がある。

その昔、春風亭蝶太という落語家がいた。弱冠18歳、「見習い」時代の話である。

蝶太はまだ寄席には上がれない。しかし、東京・下町のパリ座というストリップ劇場で幕間に落語をすることになった。といっても、相手はストリップを観に来ているお客。しかも、下手な落語ときているから、全くウケない。「引っ込め！」「帰れ！」というヤジが飛ぶ日々である。

「どうしたの？　それくらいでしょげちゃダメよ」。ある日、楽屋の隅で一人落ち込んでいると、デージーという踊り子が優しく声を掛けてきた。デージーは23歳、パリ座の一番の売れっ子。化粧台は楽屋の真ん中にあった。

数日後、デージーが舞台で踊っていると熱狂したお客が舞台に駆け上がり、デージーに抱きついた。蝶太は助けに駆け寄り、お客を制止する際、つい殴ってしまった。それが原因で蝶太はクビに。デージーは蝶太を酒場に誘って慰める。「嬉しかったわ。ありがとうね。でも、クビは困ったわね。そうだ、私が養ってあげるよ」

蝶太はデージーの「ヒモ」になった。一緒に街を歩くと、あちこちから「デージー！」と声を掛けられる。その度に蝶太は「姉さんの人気に障ってはいけない」と、気をきかせて離れる。「バカね。余計な気を遣わないの！」とデージー。

それから10年以上の月日が流れた。蝶太は精進に精進を重ね、人気落語家になっていた。一方、若い子が重宝がられるストリップの世界でデージーの人気はなくなり、親方からは引退を迫られた。そして遂に蝶太が真打に昇進する日がやってきた。真打がストリッパーと同棲しているのは世間体が悪いと、デージーは別れを決意した。

真打披露の日、高座で熱演した後、兄弟子から、「お前のためにデージーはこの町を出て行った」と聞かされる。それを聞いて蝶太はびっくり。「俺が今あいつを捨てたら、俺は人でなしだ」と泣きながら駅に向かって走った。

改札口を入ると、出発時間を待っているデージーの姿が……。ホームで抱き合う2人。「これから先、あたしはあんたのお荷物になるだけだよ」とデージー。「長いこと、俺ぁおめえにオンブされてきたんだ。今度は俺が背負う番だ」、そう言って蝶太はデージーをオンブする。胸にジーンと染みる人情話だった。

この話、よくよく調べてみたらフィクションだった。春風亭蝶太という落語家は実在しない。そう聞くと、「なーんだ。ウソの話か」とシラケてしまうだろうか。

寺尾聰《あきら》さんが出演した『阿弥陀堂だより』という映画の中で、96歳のおばあさんが作家役の寺尾さんに「小説っていうのは本当の話か？　ウソの話か？」と聞くシーンがある。それに対して彼はこう答える。

「ウソの話だけど本当のことを伝えるウソの話です。畑のゴボウはそのまんまじゃ食えないけど、灰汁を抜いてきんぴらにすれば食べられる。どっちのゴボウが本当か？　と言ったら、そりゃ畑のほうだけど、ゴボウの本当の美味しさはきんぴらにしないと分からない。そういったところかな」

たとえフィクションでも、そこには作者から読者へのメッセージがある。そのメッセージを読み解く力を持っていると読書はおもしろい。たくさんのフィクションを読もう。本には無限の力がある。

「お前が娘でよかった」と言われたくて

千穂ちゃんが体の異変に気づいたのは12歳のときだった。秋の運動会の練習中に足が動かなくなった。それが彼女の人生の第二ステージの始まりだった。

住み慣れた熊本県阿蘇地方の実家を離れ、熊本市内の大学病院に入院。医者は「手術すればまた走れるようになれるよ」と励ました。「はい、頑張ります」と12歳の少女は手術台に上った。

圧迫性脊髄炎。母親には真実が伝えられていた。「かなり難しい手術だ」ということが。母親は1％の可能性を信じたが、翌日、待っていたのは残酷な現実だった。目が覚めた千穂ちゃん、胸から下の感覚が全くなくなっていた。足の動かし方が分からない。医者からあちこちを触られたが、触られている感触がなかった。

目の前が真っ暗になった。千穂ちゃんの心は悲しみと怒りが入り乱れた。母親が口に入れてくれたものを母親に向かって吐きつけたこともあった。母親はただ黙って顔に付いたご飯粒を取り除いた。

千穂ちゃんの家は農家だった。農繁期になると昼間母親は付き添いに来られない日が多くなった。千穂ちゃんは、病室に持ってこられた入院費の請求書を目にするようになる。二度、三度と受け取る度に請求額が増えていった。

「どんなに長く入院しても私の足はもう元に戻らないんだ」、千穂ちゃんは医者に退院させてほしいとお願いした。「歩けないけど、笑顔はつくれる」、退院の日まで笑顔の練習をした。入院から4ヵ月後、退院することになった。熊本市内から阿蘇までタクシーを奔らせた。家に着くと、父親が抱っこして家の中に連れて行った。思いもしなかった光景がそこにあった。近所の人たちが一品持ち寄って退院祝いをしてくれたのだ。


懐かしい阿蘇弁で迎えられた。笑顔の練習をしていたのに、涙が溢れて止まらなかった。それから16歳まで家から出ることはなかった。一人家にいると「私、生きていていいのかなぁ」と思い悩んだ。でも、死ぬことだけは考えられなかった。お父さんお母さんの悲しい顔が目に浮かぶから。

父親は言った。「障害があろうとなかろうと、千穂子は俺の娘ばい。その体で生きろ。障害は悪でも恥でもなか。胸を張って生きろ」

心ない人もいた。家に来た知り合いにこう言われた。「あんたが長い間、入院していたせいで、父ちゃんは田畑ば売ったとよ」

あの入院費をどうやって支払ったのか知らなかった千穂ちゃんは、ものすごくショックを受けたが、同時にこう思った。「あの人が親でなくてよかった。私の親は私に向かってそんなことを一生口にするような人じゃない」

そして、もう一つ分かったことがあった。「苦しんでいたのは私だけじゃない。家族みんなが私と一緒につらい思いをしていたんだ」と。

千穂ちゃんは思った。「この両親から、いつの日か、『お前が娘でよかったよ』と言われる娘になりたい。だから『動かない体でもこんなに幸せになれるんだよ』って言えるような生き方をしよう。この体で自分が望んでいる幸せに向かって生きていこう。できたら世界一ステキな障害者になろう」と。

その日から千穂ちゃんは、幸せに向かって歩み始めた。

どこの家よりもこの家に生まれてよかった

前述した「千穂ちゃん」こと野尻千穂子さんは、昭和22年熊本県阿蘇郡白水村に生まれた。12歳のときに障害者になった話には続きがある。

17歳のとき、「世界一ステキな障害者になろう」と決意してから、彼女はまずトイレ訓練を始めた。胸から下の感覚がないので、トイレに行きたくなる感覚がない。這ってトイレまで行って、おむつをはずし、膀胱を刺激して尿を出す。このため一回のトイレに20～30分かかった。

二十歳《はたち》になったときは車の免許も取った。福祉に関係する活動にも積極的に関わった。そして訪れた縁談話。お見合いを勧められた。「一生に一度くらいお見合いするのもいいかな」と軽い気持ちでOKした。

両足に障害のある男性だったが、2人は初めての出会いで結婚を決めた。

それから数ヵ月後、野尻さんのお腹に新しい生命が宿った。しかし、このおめでたは誰からも祝福されなかった。

医者は「麻痺しているお腹の中で正常に赤ちゃんが育つ保証ができません」と中絶を勧めた。一番の味方だった父親も「父ちゃんは千穂子が大事じゃ。赤ちゃんは産むな」と言って泣いた。

一人だけ「産んだらよか」と言ってくれた人がいた。夫だった。「障害のある子が産まれたら、『仲間が一人増えた』と思って、一緒に育てていこう」と言ってくれた。

奇跡が起きた。赤ちゃんが10ヵ月もの間、お腹の中で育ったのだ。帝王切開をすることなく、自然分娩で産まれてきた。

娘がまだ小さい頃、「高い高いして！」とせがんできても、2人とも高い高いしてあげられる体を持っていなかった。「私たち、親になって本当によかったのかな」と悩んだ日もあった。とにかく「お前は愛されているんだ、ということを実感できるような子育てをしよう」と誓い合った。

娘が11歳の誕生日のときだった。「生まれるまでのいきさつを正直に話したほうがいい」と思って、野尻さんは言葉を選びながら話した。娘は最後まで黙って聞いていた。聞き終わると思いがけない言葉を2人の親に向かって言った。

「お父さんお母さん、私はどこの家よりもこの野尻家に生まれてこれてよかった」

その日、野尻さんは嬉しくて嬉しくて、なかなか眠れなかった。

娘さんはその後、成人し、「私はたまたま健康な体をもらったので、この体を人の為に使いたい」と言って看護師になった。

野尻さんは、熊本県いのちの懇談会の代表として、あちこちで講演をしている。

ある小学校で最後にこんな話をされた。

「夫婦になったこと、親になれたことをもっと感謝してください。子どもを産むと自分がやりたくてもできないことがいくつも出てきます。でも子育てほど素晴らしい仕事はないと私は信じています」

「人は誰かを愛するために生まれてくるんだと思います。そして、そのために誰にでも『一人分の苦労』を与えられるんだと思います」

社会からの無言の賞賛を感じる感性

東北・北陸地方では大変な大雪だというニュースが流れていた。

大雪になると、行政が除雪車を出して対処しているそうだが、除雪車が入れない住宅地や中山間地域の狭い道では、地域の誰かが、誰に頼まれるわけでもなく、率先して雪かきをしているそうだ。

村上春樹著『ダンス・ダンス・ダンス』の中に「雪かき」の話が出てくる。主人公はフリーライターの「僕」。

売れない作家・牧村拓が「僕」に語り掛ける。「君は何か書く仕事をしているそうだな」。「僕」は応える。「書くというほどのことじゃないですね。穴を埋める為の文章を提供しているだけのことです。何でもいいんです。字が書いてあれば。でも誰かが書かなくてはならない。で、僕が書いてるんです。雪かきと同じです」

誰かがやらなければならないこと、それを村上春樹氏は「雪かき」と言った。

この話を受けて、哲学者・内田樹《たつる》氏は、『下流志向』の中で、「労働の本質は雪かきにある」と言っている。

どういうことかと言うと、まず雪かきをする人は、雪かきをしているところをたくさんの人から目撃されることはない。人々が仕事に行くときにはもう既に雪かきは終わっている。

そのきれいに雪かきされた道を、みんな当たり前のように歩いて出勤する。中には「俺が起きる前に誰かが雪かきをしてくれたんだ」なんて思いながら職場に急ぐ人もいるかもしれないが、誰がしたのかも分からないので、その感謝の気持ちが言葉になることはない。しかし、誰かがそれをしなかったら、凍りついた雪に足を滑らせて転んだり、ケガをしたりする。

つまり、雪かきは誰かを喜ばすためにするのではなく、その道を通る人たちがいつものように、普通に歩いて行けるように事前にやっておくのだ。

そして、何事もなく、平常通りに人々が仕事に行ってしまったのを見届けたときに、雪かきをした人はものすごい充実感を感じ、「雪かき」という作業にやりがいを感じるのである。

内田氏は、足元にある大切なものに気づかず、遠くにある「幸せの青い鳥」を探して旅をすることと、「雪かき作業」を対比させている。「青い鳥」を探しに行く生き方も、もちろん尊重されるべきだが、そういう人たちは「雪かき作業」に対する敬意が欠けているのではないか、と。

誰も見ていないし、誰からも賞賛されることはない。それでも、その地味な作業を誰かがやらなければならないし、そういうことをする人がいることで、実は社会全体はうまく回っている。

世の中の仕事というものはそういうものなのだ。

いや、仕事だけではない。地元消防団や民生委員、自治会役員、夜回り、家事・育児など、何年も何十年もやっている人たちがいる。社会からの無言の賞賛を感じる感性を持っていないと、「こんなことやってられるか！」という気持ちにもなるだろう。

災害の続くこの国が少しずつ復興していく風景を見ながら、この「雪かき」の話を、ふと思い出した。

著者略歴

水谷 もりひと（水谷 謹人）

日本講演新聞編集長
昭和34年宮崎県生まれ。学生時代に東京都内の大学生と『国際文化新聞』を創刊し、初代編集長となる。平成元年に宮崎市にUターン。宮崎中央新聞社に入社し、平成4年に経営者から譲り受け、編集長となる。30年以上社説を書き続け、現在も魂の編集長として、心を揺さぶる社説を発信中。令和2年より新聞名を「みやざき中央新聞」から現在の「日本講演新聞」に改名。
著書に、『心揺るがす社説』『心揺るがす講演を読む1・2』『日本一心を揺るがす新聞の社説1～4』『日本一心を揺るがす新聞の社説ベストセレクション（講演DVD付）』『この本読んで元気にならん人はおらんやろ』『仕事に“磨き”をかける教科書』『あなたに贈る21の言葉』（以上ごま書房新社）など多数。
『いま伝えたい！ 子どもの心を揺るがす“すごい”人たち』をきっかけに、社説は中学3年生の道徳の教科書（東京書籍）や大学入試（小論文）にも採用され、学校現場では数多くの先生方の学級通信に活用されるなど幅広く使われている。

日本一
心を揺るがす“社説”

2024年3月3日　初版第１刷発行

著　者　水谷 もりひと
発行者　日本講演新聞
発行所　株式会社 宮崎中央新聞社
発売所　株式会社 ごま書房新社
〒167-0051
東京都杉並区荻窪4-32-3
AKオギクボビル201
TEL 03-6910-0481（代）
FAX 03-6910-0482
カバーデザイン　（株）オセロ 大谷 治之
DTP　海谷 千加子
印刷・製本　精文堂印刷株式会社

ISBN978-4-341-08857-6 C0030